Eva Mühlbacher

Der Momentesammler

Arovell Verlag Wien Gosau 2019

Eva Mühlbacher
Der Momentesammler
ISBN 978-3-903189-34-8
Arovell Verlag Wien Gosau 2019
office@arovell.at
www.arovell.at

Coverbild: copyright Sebastian Luca, Bast Studio

Portraitbild: Eva Mühlbacher

Gefördert von der Kulturabteilung der Stadt Wien, Literatur

Für unsere Oma

„Non dimenticate mai che la cosa piú importante non é come vivete la vostra vita. La cosa che conta é come la racconterete a voi stessi, e sopratutto agli altri. Soltanto in questo modo, infatti, é possibile dare un senso agli sbagli, ai dolori, alla morte."

- Ferzan Özpetek: *Harem Suaré*

"Vergesst niemals, dass es nicht das Wichtigste ist, wie ihr euer Leben lebt. Das, was zählt, ist, wie ihr es euch selbst erzählt und darüber hinaus den anderen. In der Tat ist es nur auf diese Weise möglich, den Fehlern, den Schmerzen, dem Tod einen Sinn zu geben."

- Ferzan Özpetek: *Harem Suaré*

Prolog. Schlösser.

Irgendwann am Abend.

Ich fand eine Geschichte. Obwohl – das war nicht ganz korrekt ausgedrückt, denn vielmehr kam sie zu mir. Sie kam, wie Geschichten eben so kommen: unangekündigt, leise und ohne, dass jemand anderer etwas davon mitbekommt. Es war die Geschichte vom Momentesammler. Sie spukte in meinem Kopf, hielt mich nachts wach; er schlich sich, mit einem weiten Mantel bekleidet, in meine Träume. Immer, wenn ich ihn erreichen wollte, sah ich seine dunkle Gestalt durch ein Schlüsselloch und es blieb mir nur eine Sekunde, um ihn anzusehen, ehe er wieder verschwunden war.

Und dann sagte mein Papa eines Abends, als er mich über seinen Schwarztee hinweg durch seine runden Brillengläser anblickte, ich solle endlich etwas dagegen tun.
„Wogegen?“, fragte ich überrascht.
„Gegen diese Überfüllung“, antwortete er und ich lachte zunächst. Er aber grinste sein schelmisches Lächeln und meinte nur, ich hätte lange nichts geschrieben. Vielleicht sei es gut, zu ihm zu gehen, um meine Geschichte loszuwerden.
„Ja, vielleicht“, murmelte ich und betrachtete meinen Papa aufmerksam. Seine grauen Schläfen funkelten im Licht der Kerze; er wusste genau, dass ich ihm nicht alles erzählen konnte.
„Ich dachte immer, es gibt den Momentesammler gar nicht wirklich“, sagte ich dann.
„Natürlich gibt es ihn“, antwortete er, der immer schon an Geschichten geglaubt hatte.
„Man sagt, er sei in einem sehr alten Teil der Welt“, meinte ich und beobachtete den Wachstropfen, der sich an die Seite der Kerze geheftet hatte.
„Ja, das habe ich auch gehört“, gab er zurück.
„Warum ist das so?“, fragte ich.

„Ich weiß es nicht", sagte er und flüsterte dann irgendetwas von *„genius loci"*, als er die Tasse abstellte.
„Vielleicht habe ich Angst. Vielleicht habe ich meine Gabe verloren", sagte ich dann und war erleichtert, es endlich so deutlich sagen zu können, „vielleicht kann ich gar keine Geschichten mehr erzählen. Nicht dem Momentesammler. Nicht jemand anderem."
„Warum denkst du das?", fragte er ernst.
„Es geht nicht mehr", gab ich zurück, „ich kann nicht mehr formulieren" und dachte an die kläglichen Versuche, Tagebuch zu führen.
„Du hast nur die Übung verloren. In letzter Zeit ist viel passiert."
„Was macht dich so sicher?"
„Eine solche Gabe verliert man nicht", sagte er bestimmt. Ich schwieg und biss auf meiner Unterlippe herum.

„Weißt du", sagte er dann, „wie ich mir dich vorstelle? Du hast längst, immer und immer wieder, eine Münze in den Trevi-Brunnen deines Schreibens geworfen. Du musst zurückkehren. Deine Fantasie wartet auf dich."

„Aber wenn ich es nicht mehr kann?", fragte ich erneut.
„Aber Emma, du schreibst doch", er stand auf und legte die Hand auf meinen Kopf, wie er es oft getan hatte, als ich klein gewesen war, wenn er wollte, dass ich etwas verstand. Schon längst war mein Kopf dem Griff entwachsen, aber das Gefühl, etwas verstehen zu müssen, war dasselbe geblieben, „du hast doch nur aufgehört, es zu Papier zu bringen. Aber ich wette, wenn ich dich fragte, welche Farbe der Tee hätte, würdest du nicht einfach *schwarz* sagen. Ich wette, da gäbe es noch mehr."

Ich ließ meinen Blick auf die Flüssigkeit wandern. Sofort entstand vor meinem inneren Auge ein Bild – eine Bucht, ein Waldboden, ein Riff. Er hatte Recht. Es war Zeit.

1. Kapitel

Im Hauseingang.

Schon als sie am Morgen aufgestanden war, hatte sie das Gefühl gehabt, dass heute etwas geschehen würde. Unwillkürlich hielt Julia inne, als sie die Kaffeetasse neben die Maschine stellte. Ihr Leben, ihre Abenteuer, die Situationen, in denen sie entscheiden hatte müssen, hatten sie gelehrt, auf ihr Bauchgefühl zu hören. Als sie den Briefkasten öffnete, wusste sie, dass sie sich nicht getäuscht hatte. Das üppig verzierte Brokatpapier ließ sich leicht öffnen. Der Brief war nicht an sie gerichtet, sondern an jemanden, der längst gestorben war. Unwillkürlich musste sie lachen.
„Das gibt es nicht", sagte sie zu sich selbst.
Es war zu verrückt, um wahr zu sein. Sofort holte Julia ihr Handy heraus und wählte Emmas Nummer. Niemand antwortete.
„Ruf mich zurück", sprach sie ihr schnell auf die Mailbox und wusste schon, dass keine Antwort kommen würde.

Sie senkte Telefon und Brief und starrte auf die dunkle Ablagefläche. Vor ihrem inneren Auge entstand die Piazza Navona bei Nacht; ihre Ohren vernahmen das sanfte Rauschen des Vier-Ströme-Brunnens und auf ihren Lippen schmeckte sie den trockenen Rotwein, den sie in dieser Nacht, in der Nacht von Emmas Geburtstag, getrunken hatten.
„Eines Tages", hatte ihre Freundin gesagt, den Plastikbecher mit der dunklen Flüssigkeit auf dem Knie balancierend, „eines Tages ziehe ich mich aus allem zurück. Dann erfülle ich mir den Traum zu schreiben."
„Du kannst schreiben, wann immer du willst", sagte Julia und nahm noch einen Schluck. Emma schüttelte den Kopf.

„Ich weiß nicht, ob ich es kann", meinte sie dann, „es sind in der Tat zwei Welten, das reale Leben mit meinen Karriereplänen und die Welt, in der es nur um das Schreiben geht – darum, im richtigen

Moment den perfekten Ausdruck zu finden. Und ich bin mir nicht sicher, ob sie sich in letzter Konsequenz vereinen lassen."
„Warum?", Julia stellte die Füße vor sich auf die Steinbank.

„Wenn ich wissenschaftlich arbeite, ist es einfach. Es ist unpersönlich. Du hast eine Forschungsfrage. Du liest nach. Manches stimmt; manches erweist sich als Falschannahme. So schwierig manchmal. So simpel der Gedanke. Beim Schreiben aber ist das anders. Ich wünschte, ich könnte behaupten, ich kann um sechs Uhr aufstehen, dann schnell zwei Stunden schreiben, dann arbeiten gehen und vielleicht am Abend nochmals von zehn bis elf weiterschreiben, ehe ich Punkt halb zwölf die Schlapfen fallen lasse und im exakten Bio-Rhythmus meines Körpers ins Bett steige, um völlig ausgeruht am nächsten Morgen abermals geniale Worte auf das Papier gießen zu können. Aber das kann ich nicht. Schreiben kommt von selbst. Manchmal ist es längst da und ich beginne erst viel später, die Worte, die in meinem Kopf sind, den weißen Seiten zu überantworten. Manchmal will ich, dass das Schreiben kommt, aber es lässt mich im Stich. Ich sage mir, es ist der perfekte Zeitpunkt, aber meine Formulierung lässt mich im Regen stehen. Ich möchte kleine Fische fangen, aber das Netz, das ich mitgebracht habe, ist zu großmaschig. Alles fließt hindurch; ich sehe, was ich brauchen könnte, aber es bleibt nur Leere zurück. Gequält sitze ich dann am Strand und lausche den Wellen, weiß, dort draußen irgendwo ist die Geschichte, die ich erzählen will, aber ich kann sie nicht fassen. Und dann, eines Tages, passiert etwas. Nicht, dass du denkst, das ist immer etwas Lebensentscheidendes. Es ist die Situation, der Blickwinkel, auf den ich gewartet habe. Und es öffnet sich eine Schleuse. Ich stehe mitten im Wasser, mit meinem Netz, und fische aus dem Vollen. Aber es ist nicht so, dass ich dieses Mal das richtige Netz mitgebracht habe. Diesmal passen die Fische. Was ich damit sagen will, ist, ich kann mich vorbereiten, so sehr ich will, kann mich anstrengen, das Material noch einmal ordnen und alles richtig machen wie ich es bei einer wissenschaftlichen Arbeit tun würde, aber das hilft nichts. Anders als in meinem Lernen kann ich es nicht erzwingen. Ich muss warten, bis die Inspiration zu mir findet. Aber wenn sie es tut, darf ich keine Sekunde zögern. Ich kämpfe mit den Worten, stürze mich in Formulierungen, hasche nach den idealen Sätzen und dann bin ich wie in einer Traumwelt, in meinem Märchenwald und nichts und niemand von außen kann mich erreichen. Im echten Leben ist es unmöglich, so lange im Märchenwald zu bleiben, bis eine Geschichte zu Ende erzählt ist. Aber um sie perfekt zu Ende erzählen zu können, muss ich bleiben. Und einmal im Leben will ich dieses Gefühl erfahren. Dann muss ich eingeschlossen bleiben in meinem wirren Kokon, zu dem niemand Zutritt hat. Und meine Geschichte erzählen."

Julia hob den Becher und stieß mit ihr an.
„Du musst es tun", sagte sie dann sicher, „eines nicht allzu fernen Tages wirst du wissen, dass es der richtige Zeitpunkt ist."
Emma nickte: „Es wird schon kommen. Irgendwann, ganz zufällig."
Julia schüttelte den Kopf und sah Emma an als wäre sie ein Schulkind, dem sie nun zum dritten Mal etwas erklären musste.
„Mein Schatz", sagte sie dann bestimmt, „es gibt keine Zufälle."
„Sieh mich an", entgegnete Emma, stand von der Bank auf und drehte sich so übermütig im Kreis, dass das Kleid einen Teil ihres Höschens freigab, „ich bin ein Zufall."
Julia lachte und hüpfte ihr auf die Bank nach: „Alles Gute zum Geburtstag!"

Und jetzt das. Jetzt dieser Brief. Der Brief, der nicht an sie gerichtet war, aber dennoch enthielt er eine Botschaft an sie. Emma war in ihren Kokon geschlüpft. Sie hatte begonnen.
„Viel Glück", sagte Julia und fragte sich, wohin ihre Freundin gegangen war.

Sehr geehrter Herr Goethe!

Ich weiß, ihr Postfach quillt über, besonders, da ja bald Ihr Geburtstag ist. Dennoch ist mein kleiner Brief aus dem gar nicht so entfernten Wien, auch darunter. Sie müssen wissen, heute nimmt man sie als alten Mann im Lehnsessel wahr. Es tut mir sehr leid, dass ich diejenige bin, die ihnen diese traurige Botschaft übermitteln muss. Ihre Sturm und Drang Phase passt gerade nicht in das Bild des gealterten Weisen, das unsere Zeit aufrechterhalten muss, weil sie aufgehört hat, sich für Literatur zu interessieren. Haben Sie gewusst, dass eine große Drogeriekette mit einer Verballhornung von „Hier bin ich Mensch, hier darf ich sein?", immerhin ein Zitat aus ihrem „Faust", für Babywindeln und Kosmetikartikel wirbt? Bitte, bitte, setzen Sie sich nur – ich weiß, es ist schwierig zu verkraften. Sie mögen doch Gingko-Tee, nicht? Ich übersende Ihnen, sozusagen als Trost, ein Päckchen davon im Anhang mit, damit Sie eine Freude haben. Wissen Sie, die Leute heutzutage sagen, es liegt an den Jugendlichen, die einfach nicht mehr lesen wollen. Gegen diese Ansicht setze ich mich zur Wehr. Natürlich schreiben wir heute anders als Werther an Charlotte geschrieben hätte, aber die Gefühle am Beginn des 21. Jahrhunderts sind dieselben geblieben. Warum sollten Jugendliche das nicht verstehen können? Warum ihnen den Weg zu Ihrer Literatur versperren, weil man es ihnen nicht erklären will? Es macht einen guten Schriftsteller aus, dass man ihn auch noch nach 200 Jahren im Grunde verstehen kann. Sie schreiben über alles, was uns noch heute beschäftigt. Aber die Menschen denken anders. Sie bringen sich nicht in der Werther-Tracht um, sondern, weil jemand findet, dass sie in ihrem Sommerkleid fett aussehen. Ja, Sie haben richtig gehört. Man muss dazu aber sagen, dass wir heute wesentlich weniger Stoff dafür verwenden und es durchaus sein kann, dass der Anblick eines Menschen mit weniger gutem modischen Geschmack in den Augen wehtun kann. Wie auch immer.

Man sagt, es ist eine Welt, die aus den Fugen geraten ist. Aber wie sehr aus den Fugen geraten kann eine Welt schon sein? Das dachten Sie doch auch schon, als der Zug mit 10km/h an Ihnen vorbeirauschte. Heute fahren Züge viel schneller; ich erspare Ihnen die genaue Geschwindigkeitsangabe, weil ich jetzt wirklich schon langsam genug gesagt habe. Nur ein Letztes sei mir noch erlaubt, natürlich mit meinen besten Wünschen zum Geburtstag: Ich frage mich schon seit längerem, ob

Sie während des Schreibens manchmal einfach gewünscht hätten, dass Faust gerettet wird und nicht mit dem Teufel gehen muss? Und ob sie mir erklären können, weshalb Charlotte Ottilie wieder bei sich aufnimmt, nachdem sie ihr Kind getötet hat? Ich konnte eine Nacht lang nicht schlafen, weil ich diese Frage nicht aus meinem Kopf bekam. Vielleicht finden Sie eine kurze Minute für eine Antwort; ich würde mich wirklich sehr freuen einen Brief zu erhalten, über die Jahrhunderte hinweg, auf echtem Briefpapier, das vergilbt und kraus in meinen Fingern liegt, geschrieben vom Dichterfürsten an mich, die ich gerade hier sitze und jemanden brauche, an den ich meine Gedanken wenden kann. Ich denke an Sie – nicht im Lehn-sessel, sondern als jungen Mann und ich frage mich, wie sie wohl waren. Nicht so schmachtend wie auf Angelica Kauffmanns Porträt selbstverständlich, aber doch nicht hart und streng wie ich Sie in meiner Schulzeit kennenlernte – ein Mann vielleicht, mit dem ich eine Runde tanzen würde. Können Sie tanzen? Es gibt da einen ganz wunderschönen Walzer, der erst nach Ihrem Tod geschrieben werden wird und noch einen aus einem Zeichentrickfilm, den ich ganz wunderbar finde. Aber zu erklären, was das ist, führt nun wirklich zu weit. Jedenfalls – ich hoffe, von Ihnen zu hören!

Ihre Emma, Schriftstellerin am Beginn des 21. Jahrhunderts

In der Lindenstraße 5.

Obwohl Julia genau wusste, dass sie Emma dort nicht finden würde, fuhr sie zu ihr in die Wohnung.
„Es ist doch noch gar nicht Donnerstag", begrüßte Michele Julia, als sie das Wohnzimmer betrat.
„Ich weiß. Ist Emma da?"
Michele schüttelte den Kopf: „Ich habe sie noch nicht gesehen. Warum?"
„Ich glaube, sie hat angefangen zu schreiben."
„Was meinst du damit?", fragte er.
„Ich glaube, wir werden sie hier nicht finden."

Julia näherte sich Emmas Zimmer und drückte die Türklinke hinunter. Das Zimmer sah aus, als würde sie jeden Moment zurückkehren. Auf dem Schreibtisch stand noch eine Teekanne, auf deren Oberfläche sich rote Punkte vom Früchtetee abzeichneten. Das Bett war nicht gemacht; auf dem Büchertisch lagen zwei Stapel ihrer Lieblingsbücher – alles wie immer. Nur Emma fehlte. Julia hob wahllos Blätter vom Schreibtisch auf und legte sie zurück in der Hoffnung, irgendeinen Hinweis auf ihren Aufenthaltsort zu finden. Ein Flugticket vielleicht, obwohl das völlig unsinnig war, weil sie dieses mitnehmen hätte müssen.
„Dann ist sie also weg", meinte sie.
Michele nickte: „Es war klar, dass es irgendwann soweit ist."
„Hm", machte Julia nur und ließ sich auf dem Sofa nieder. Sie zog einen Stapel Bücher zu sich heran.
„Ich muss in die Arbeit", er legte ihr die Hand auf die Schulter, „mach dir keine Sorgen. Sie weiß, was sie tut."
Julia nickte: „Ich wünsche dir einen schönen Tag."

Als Michele gegangen war, saß Julia noch eine Weile da und starrte auf die Bücher hinunter. War es Zufall, dass hier Goethes *Faust* lag? Nein, es gab keine Zufälle. Es war schlichtweg Emmas Lieblingsbuch.

Jeden Sommer begleitete sie das kleine Reclamheftchen auf ihren Reisen. Sie besaß mehrere Ausgaben von *Faust*. „Vielleicht habe ich irgendwann einmal einen Pudel", sinnierte sie einmal, während sie Palatschinken machte. Ihr Mitbewohner Christoph, immun gegen fantastische Träumereien, zuckte mit den Schultern: „Solange du keinen Vogel hast." Julia und Emma hatten aufgelacht, was ihn erschreckt hatte. Goethe war Emma in verschiedener Weise in ihrem Leben begegnet. Sie sagte einmal, er war beinahe wie ein lieb gewonnener Begleiter.

Als nächstes sah sie Francesco Petrarcas *Die Besteigung des Mount Ventoux*. Emma hatte dieses Buch ursprünglich nur für eine Vorlesung lesen müssen, sich dann aber in das kleine Büchlein verliebt, weil sie das Freundschaftsideal Petrarcas so wunderschön formuliert fand. Der Gedanke des italienischen Schriftstellers zu seiner Laura, der er die *Sonette an Laura* als dem Idealbild der Frau, als seine Mischung aus realer Minneliebe und dem Schlüssel zu seiner Inspiration, widmete, faszinierte sie auf eine Weise wie kein anderes Liebespaar.

Hundert Jahre Einsamkeit von Gabriel Garcia Marquez fand sich ebenso darunter. Emma hatte mit dem Buch über Monate gekämpft und es auch nicht zu Ende gelesen. Trotzdem hatte sie es noch nicht ganz aufgegeben. Sie gab zu, keine Ahnung mehr zu haben, wer welcher José war, aber die faszinierende Mischung aus Magie und Familiengeschichte, gepaart mit der geradlinigen Erzählweise, ließ Emma nicht mehr los und sie versuchte es immer wieder mit Marquez. „Es ist wie eine Affäre", sagte sie schulterzuckend, „manchmal kann man nicht anders, als sich wieder darauf einzulassen. Aber wenn die Logik überhandnimmt, bleibt man besser fern."

Gleich darunter lag ein Gedichtband von Friedrich Schiller. Das Lesezeichen steckte vor der Ballade *Das Bildnis zu Sais*, in dem es um einen jungen Mann ging, der unbedingt die Wahrheit finden wollte und am Ende an ihr zugrunde gehen musste. Daneben hatte Emma ins Buch den Grabstein von Goethes Sohn August am *Cimitero accatolico* in Rom skizziert, der im Schatten einer riesigen Pyramide lag. Sie war an einem warmen Frühlingstag dort gewesen; in der Hoffnung, einige Verse Goethes am Grabstein seines Sohnes zu finden. Was sie jedoch fand, war die bloße Aufschrift *Goethe figlio.* Nicht der ganze Name des Verstorbenen, der mit seiner Romreise in die viel zu großen Fußstapfen des Vaters treten wollte, nicht eine Zeile in der Muttersprache des Toten, der so fern der Heimat beerdigt war, nicht einen Vers letzte Worte des Vaters, die er seinem Sohn auf die Reise hätte mitgeben wollen. Erschüttert verließ sie die schöne Ruhestätte; berauscht vom Frühlingsduft und mit schwerem Herzen für August.

Darunter lag Rainer Maria Rilkes *Briefe an einen jungen Dichter.* Der Schriftsteller mit den großen Augen war oft in Emmas Kurzgeschichten vorgekommen. Seine fragile Ausstrahlung hatte sie schon immer fasziniert. Ein bisschen war es wohl deshalb, weil Männer, die auf den ersten Blick leidenschaftslos erschienen, in ihr immer schon den Eifer geweckt hatten, sie mit ihrem Feuer anzustecken. Oft hatte sie Szenen skizziert, um das Aufeinandertreffen Lou Andreas-Salome mit dem jungen Dichter zu beschreiben, aber nie war ihr genug Leidenschaft darin gewesen.

Julia nahm das nächste Buch in die Hand. Es war eine italienisch/deutsche Ausgabe von Michelangelos *Gedichte.* Unwillkürlich musste sie schmunzeln. Sie hatte die Sixtinische Kapelle nie mit Emma gemeinsam gesehen, aber ein Freund von ihnen hatte ihr sein Leid geklagt, weil Emma ihn dort eine Stunde lang festgehalten hatte, um jeden einzelnen Faltenwurf der Kleidung der Figuren zu besprechen. Als sie den Raum betreten hatte, hatten ihre Augen vor Staunen zu glänzen begonnen. Zu diesem Zeitpunkt sah sie das Deckenfresko zum dritten Mal in ihrem Leben. Als sie herausfand, dass Michelangelo auch Dichter gewesen war, musste sie das Buch haben. Was sie unendlich fasziniert hatte, war der Kampf des Dichters mit sich selbst, das Ringen mit seinem Talent und seine Einsicht, dass er ein Rohdiamant war und sein würde, der in der schimmernden Welt der anderen keinen Platz hatte. Manchmal, sagte Emma, kam sie sich genauso vor.

Darunter lag Shakespeares *Romeo und Julia*, aus dem sie ihr in manchen betrunkenen Nächten vorgelesen hatte. Wenn sie Shakespeare hörte, kam immer ein sehnsuchtsvoller Blick in ihre Augen und sie kostete von seinen Worten, als wäre es in Sternenstaub gehülltes Konfekt, das köstlich auf ihrer Zunge zerging. Auch seinen *Hamlet* liebte sie, denn *Doubt the stars are fire* war immer der erste Satz, den sie in ein leeres Word-Dokument schrieb, um die Angst vor dem blinkenden Cursor hinter sich zu lassen.

Das nächste Buch, das Julia in die Hand nahm, war ein Gedichtband von Georg Trakl, der sich während des Ersten Weltkriegs in Krakau das Leben genommen hatte. Sein Gedicht *Grodek*, in dem der Jungverstorbene seine Schwester durch die Schlachtfelder des Krieges ziehen sieht, übte auf Emma eine Faszination aus, die ihren Anfang genommen hatte, als sie es in der Schule das erste Mal gelesen hatte. Mittlerweile konnte sie es fast auswendig und sie fragte sich immer, was man noch wirklich schreiben wollen würde, wenn man gegen den Tod anschrieb. „Was würde dich noch beschützen können, wenn du ganz unten angekommen bist?“, fragte sie und gab sich gleichzeitig selbst die Antwort „ein Mensch, den du liebst“.

Darunter fand sich Schnitzlers *Reigen.* Natürlich dieses Stück. Einmal hatte Emma in diesem Stück mitgespielt und immer, wenn sie heute davon sprach, leuchteten ihre Augen, wenn sie erzählte, wie magisch die Nacht der letzten Aufführung gewesen war. „Wie das indische Schloss wohl ausgesehen haben könnte?“, fragte sie manchmal und grinste in sich hinein.

Das nächste Buch war Stefan Zweigs *Die Welt von gestern.* Es zu lesen, hatte Emma erschüttert und sie verstehen gelehrt, was es hieß, wenn die ganze jemandem bekannte Welt plötzlich vor seinen Augen zusammenbrach. Emma sagte nach der Lektüre, sie könne ihre Großeltern nun ein ganzes Stück besser verstehen. Und sie fürchtete das Urteil kommender Generationen über die ihre.

Als letztes Buch fand sich *Der Tod in Venedig* von Thomas Mann. Jeder andere, den sie kannte, hatte das Buch als schwer empfunden, als mühsam zu lesen und hatte die Zeilen gezählt, bis dieser Autor endlich mit der Beschreibung des Sonnenuntergangs fertig war. Emma aber konnte nicht aufhören. „Es ist wie ein Rausch", sagte sie atemlos und aß eine Erdbeere.

Zu einem bestimmten Zeitpunkt in ihrem Leben hatte das Buch eine wichtige Bedeutung bekommen, weshalb sie es mittlerweile vermutlich auswendig kannte. Als ihre Beziehung zerbrochen war, begann sie irgendwann, den Text von Thomas Mann auf große Leinwände zu schreiben. Emma hatte sie in vielen Farben grundiert; einmal war der Untergrund sogar schwarz und der Text nicht lesbar. Manchmal aber erinnerten die Pastelltöne hinter den Worten an das Meer in Venedig, wenn die Sonne aufging. Irgendwann, nachdem Emma eine Woche mit dieser Arbeit beschäftigt und im Dachboden ihrer Eltern eingeschlossen gewesen war, rief ihre Mutter Julia an und sie stiegen gemeinsam hoch. Da fanden sie sie auf dem Bett sitzend, wo sie gerade versuchte, dem von Gustav von Aschenbach geliebten Tadzio ein riesengroßes Gesicht zu verleihen.

Ihre Mutter sagte: „Was machst du da?"
„Meine Beziehung ist vorbei, Mama. Ich weiß nicht, wie es weitergehen soll. Meine ganze Brust tut ständig weh. Es ist, als funktionierte mein Herz nicht mehr. Etwas ist für immer zerbrochen."

Ihre Mutter kniete sich neben Emma und nahm ihr die Pinsel aus der Hand. „Es reicht", sagte sie dann entschlossen und Julia war überrascht, die immer lächelnde Frau in diesem strengen Tonfall sprechen zu hören, „dein Herz ist keine Kaffeetasse. Diese Risse, die

du beschreibst, werden bei einer Tasse immer sichtbar sein. Dein Herz aber ist Teil eines Organismus – es kann heilen. Ja, es hat wehgetan. Aber wie sagt Kevin Kline in *French Kiss*? Du wirst eines Tages aufwachen und er ist weg. Die Farbe seiner Augen, sein Lächeln, sein Geruch. Dann ist es vorbei und du bist frei."
Emma schlug die Hände vors Gesicht und erlaubte sich endlich, bittere Tränen zu weinen. Als sie bestimmt eine Viertelstunde an der Schulter ihrer Mutter geweint hatte, richtete sie sich auf und sah sich um.
„Was mache ich hier?", fragte sie.
Ihre Mutter hob einen Finger: „Ein Bild. Nur eines darfst du behalten. Den Rest werfen wir morgen weg. Du wäschst dir die Haare und gehst mit mir einkaufen. Das Leben geht weiter." Emma sah Julia an: „Wie findest du die Bilder?"
„Sie sind grauenhaft."
Emma lachte.

Die Ausgabe, die Julia nun in der Hand hielt, hatte an manchen Stellen noch Flecken von Pastellfarben. Sie blickte auf das Bild an der Wand gegenüber. Über die großzügig aufgetragenen Pastellfarben stand: *Erstes Kapitel*. Es gab keine Zufälle.

Walpurgisnacht.

Faust:

„Und Schlag auf Schlag!
Werd ich zum Augenblicke sagen:
Verweile doch! du bist so schön!
Dann magst du mich in Fesseln schlagen,
Dann will ich gern zugrunde gehn!
Dann mag die Totenglocke schallen,
Dann bist du deines Dienstes frei,
Die Uhr mag stehn, der Zeiger fallen,
Es sei die Zeit für mich vorbei!"

- *J. W. von Goethe*

Es lag alles vor mir. Sobald ich den ersten Schritt getan hatte, musste ich nur noch einen Fuß vor den anderen setzen und war wieder dort.

Ich betrat den kleinen Kreis wie immer durch die dichte Hecke. Wieder befand ich mich inmitten der Statuen; der Frauenfiguren, deren steinernes Haar über ihre zarten Schultern floss, zum Teil ihre Brüste bedeckte und ihren Bauchnabel kitzelte, ehe ihre Taille in die Beine eines Satyrs übergingen; der kleinen Kobolde, deren gedrungene Gestalt halb von Efeu überwuchert war; ihre verzerrten Fratzen waren dem Betrachter zugewandt, hielten ihn umklammert, als wollten sie ihn warnen, diesem verwunschenen Ort nicht zu nahe zu kommen. Die Steinaugen trugen Züge des Hasses und der Zerstörung, die ganze Mimik ihrer Gesichtszüge war gespannt; die hochgewachsenen Meermänner, deren schuppige Arme riesige Felsen stemmten, die die Formen fantastischer Tiere hatten. Ich näherte mich dem kleinen Steintisch ohne die Figurinen der Nixen und Bacchantinnen zu beachten, die sich auf dem Sockel tummelten. Mein Blick war auf die glatte Marmoroberfläche geheftet, die diesmal nicht leer war. Der weiße Marmor reflektierte das hitzige Flimmern eines pfirsichfarbenen Lichtstreifens, der durch ein kleines Fläschchen geworfen wurde. Halb erwartend, dass es sich als Trugbild entpuppen würde, griff ich nach dem hellen Glas.

Ich entkorkte die kleine Flasche und leerte sie in einem Zug, denn ich wusste, wie es beginnen sollte. Als ich die Augen öffnete, stand ich einem der Meermänner gegenüber. Er nahm mich bei der Hand und führte mich einen muschelbesetzten Weg entlang, vorbei an Mosaikflächen, aber erst als ich vor einem riesigen Kronleuchter stand, der wie ein Baum aus Glas, tausende bunte Blätter tragend, vor mir aus der Erde zu wachsen schien, wurde mir klar, dass ich an der Decke entlang wanderte. Der Meermann pflückte eines der Blätter und schob es mir zwischen die Lippen. Es war wie köstliches Konfekt, als die warme Süße auf meiner Zunge zerging, ein Hauch davon an meinen Lippen zurückblieb und dort eine Spur der Schärfe von Pfefferminze hinterließ. Noch immer wanderte meine Zungenspitze über den Ansatz meiner Unterlippe, als meine nackten Füße den weichen Untergrund eines Waldbodens berührten. Aber der Weg bestand nicht aus Blättern der Natur; es waren kleine Buchseiten, die die Erde bedeckten. Ich wusste, sie stammten aus Büchern, die ich oft gelesen, die mich lange begleitet hatten. Sie raschelten, als ich hindurchlief, flogen neben mir auf und nahmen irgendwann den Meermann an meiner Seite mit, dessen Kiemen so lange gewachsen waren, bis er endlich davonflog.

Meine Finger streiften das dunkle Fell eines Panthers und ich schreckte zurück. Seine gelben Augen funkelten mir entgegen. Langsam schlich er auf mich zu bis ich gegen ein Eisengitter stieß. Lautlos schnappte eine Wölfin nach mir, deren graues Fell mit jedem Atemzug erbebte. Neben ihr erhob sich ein mächtiger Löwe, größer als die anderen Tiere. Seine Mähne wogte im Wind, den die aufflatternden Blätter verursachten. Sie kreisten mich ein, umfingen mich mit ihren Körpern, die sich warm und weich anfühlten. Meine Hände strichen über ihr Fell, fuhren durch das mächtige Schwarz, streiften über das Rostbraun und griffen in die Kräusel des silbrigen Graus. Ich blickte von ihnen auf.

Aus dem Wirbel an Blättern trat langsam eine Gestalt auf mich zu, behände, als sei sie nicht sicher, was sie suchte und bestimmt als wisse sie, dass sie mich gefunden hatte. Meine Hand suchte ihre; ihr Griff war stark und fest.
Ich dachte an Dante und sagte: „Gehen wir jetzt in die Hölle?"
„Vom Himmel", sagte er, „durch die Welt zur Hölle."
„Wie war Rom?", fragte ich dann.
„Unerwartet", antwortete er nur, das Gesicht unter dem Reisehut verborgen.

Sein Umhang bauschte sich hinter ihm auf, bis er steif nach hinten gerichtet zu stehen kam, als hätte der Wind all seine Kraft verspielt. Von dort faltete er sich wie ein Leporello auf. Mit dem Weiß, mit den Flecken an Grün und den kleinen Strähnen Blau entstand ein Bild. In kreisenden Bewegungen füllte sich ihre Umgebung mit Eindrücken. Pflastersteine, Kutschen, Wasser. Die Faltblätter erstreckten sich bis an den Horizont, dann glättete sich die Oberfläche sanft. Ich fühlte Boden unter den Füßen.
„Hier bist du angekommen", sagte ich zu ihm.
„So ist es. Und wir werden von hier aufbrechen."
Einen kurzen Moment blickte ich in Richtung Corso und war nicht sicher, ob ich nun in die Vergangenheit oder in die Zukunft sah.
„Ich möchte wissen, warum Ihr gestern Abend so fortgegangen seid, ohne mir etwas zu sagen. Ich fürchte, Ihr seid zornig mit mir, aber ich hoffe nicht. Ich bin ganz für Euch, liebt mich, wenn Ihr könnt, so, wie ich Euch liebe.", sagte ich.
Er lächelte: „*Adieu*, schrieb sie noch, *adieu*." „Fiel es dir schwer, der schönen Mailänderin auf Wiedersehen zu sagen?", fragte ich.
„Ja, das war es. Wie jeder Abschied ein Stück dein Herz bricht."

„Rom war auch für mich unerwartet“, sagte ich leise, mit dem Blick auf den Obelisken vor uns.
„Es ist Zeit aufzubrechen“, mahnte er und hielt mir die Hand hin.

Ich hakte mich bei ihm unter. Schloss die Augen. Und er führte mich ans Ende meiner Welt.

2. Kapitel

In der Bar *Taormina*.

An diesem Abend traf sich Julia mit den anderen in der kleinen Bar um die Ecke, die sich von außen unscheinbar in die Häuserzeile einreihte.

Sobald sie durch die Tür trat, umhüllten sie Salsarhythmen und das warme Licht unzähliger, von der Decke baumelnder Lampions zeigte an, dass man sich in einer anderen Welt befand. Zunächst hatten Emma und sie hier abends Zuflucht gesucht, um dem Alltagstrott für eine Weile zu entgehen. Sie hatten die Bar entdeckt, als sie vor einem Regenguss geflohen und triefend nass über die Türschwelle gestolpert waren. Francesco, der Barkeeper, hatte die beiden beobachtet seit sie die Türe geöffnet hatten und hatte ihnen dabei zugesehen, wie sie sich lachend die Haare aus dem Gesicht gestrichen hatten. Sie hatten sich an die Bar gestellt und zwei Caipirinhas bestellt. Dann hatte Julia die Schuhe ausgezogen und sich klatschnass auf den Hocker gesetzt.

„So", fragte sie, „wo waren wir stehengeblieben?"
Obwohl die Geschichte aus dem Zusammenhang gerissen war, musste es wohl um Emmas Vater gehen, der vor langer Zeit mit seinen Freunden eine Reise unternommen haben musste. Wenn Emma erzählte, spiegelte sich jeder Ausdruck der Trauer, der Freude, des Erstaunens, in ihren Gesichtszügen. Die Grübchen in ihren Wangen waren besonders tief, ihre Augen strahlten besonders hell, wenn sie von etwas Lustigem erzählte und ihre Stirn trug tiefe Furchen, wenn die Trauer über ein geschildertes Ereignis sie beinahe sprachlos werden ließ.
Nachdem sie von vier jungen Männern auf einem Segelboot in der Ägais berichtet und das Stirnband, das sich vom Blau des Meeres abhob, haarklein in allen Farben geschildert hatte, sagte sie:
„Vielleicht hat es dort begonnen. Ich glaube, dort haben Geschichten für mich ihren Zauber her. Wenn andere Menschen über diese vier erzählen, dann ist es, als wollten sie unbedingt Teil von ihnen sein.

Als Kind habe ich das nicht verstanden. Heute weiß ich, wie es ihnen geht."

„Aber du bist Teil davon", erinnerte Julia sie.

„Ja. In dem Maße, in dem sie Teil meines Lebens sind."

Francesco beschloss, die beiden anzusprechen.

„Schmeckt euch der Cocktail?", fragte er.

„Ja, sehr", die beiden strahlten ihn an und begannen sofort ein Gespräch mit ihm.

Julia erzählte ihm, dass sie Lehrerin und passionierte Salsatänzerin war und derbe Witze liebte.

Emma meinte, sie wäre gerne Schriftstellerin, aber bis jetzt hatte sie es noch nicht geschafft, ein ganzes Buch zu vollenden. Darüber hinaus liebte sie Salzwasser und Sonnenuntergänge und kam schlecht mit Alltag zurecht. Dafür aber zauberte sie exzellente Sangrias.

Francesco sprach von seiner Heimat Sizilien und davon, dass die Zitronen dort schlicht gelber waren als irgendwo sonst auf der Welt. Natürlich fragten sie ihn, warum seine Bar „Taormina" hieß, aber da grinste er nur und sagte nichts. Sein liebster Cocktail jedenfalls war Cuba Libre und auch er war Salsatänzer.

Julia strahlte über das ganze Gesicht, sprang vom Barhocker und forderte ihn zu einer Runde auf. Emma sah ihnen von ihrem Platz aus zu. Obwohl sie das erste Mal miteinander tanzten, war es, als hätten sie nie zuvor mit jemand anderem getanzt. Ihre Bewegungen glichen sich einander an; Julia schien zu ahnen, was er wollte, noch bevor Francesco sie in den Tanzschritt führte. Emma lächelte. Sie hatte das Gefühl, soeben hatte eine Liebesgeschichte begonnen.

Als Julia an diesem Abend von den Lichtern umfangen wurde, winkte sie Francesco schon von der Türschwelle aus. Ach, Emma, dachte sie, als sie sich deren drei Mitbewohnern an der Bar näherte, ich wünschte, du wärst hier.

Die Meister.

Wenn man die Erzählungen über sie hörte, mussten es vier junge Männer gewesen sein, die niemanden auf ihrem Weg kalt gelassen hatten. Viele, die ihnen begegnet waren, sagten mit Stolz von sich, die einzigen gewesen zu sein, die in ihren kleinen Kreis eingeweiht waren. Für mich aber waren es immer nur diese vier.

Als ich sie zum Flughafen fuhr, konnte ich nicht umhin, mich zu fragen, wie die Stimmung damals gewesen war, vor über dreißig Jahren, als sie auf ihre gemeinsame Maturareise aufgebrochen waren. Für mich waren diese Menschen ein unerschöpflicher Fundus an skurrilen, humorvollen, einzigartigen Geschichten, die mich mein ganzes Leben lang begleitet hatten. Ich stellte mir oft vor, wie sie mit dem Zug durch Europa getourt waren, hinter sich das strenge Schulleben, das keinem von ihnen gelegen war, im Gepäck manches Wissen, das sie behalten hatten und vor den Augen neue Horizonte der Lebenserfahrung. In ihrem Erkundungseifer schworen sie einander in diesem Sommer, niemals still zu stehen.

In Paris flanierten sie unter dem Eiffelturm hindurch, geheimnisvolle Französinnen liefen ihnen in die Arme und verschwanden daraus wie die Sichel des Mondes, der sich allabendlich in lauen Sommernächten in der Seine spiegelte. In Rom nahmen sie vor der Fontana di Trevi Aufstellung für das einzige gemeinsame Foto der Reise. Silvester und Patrick machten sich gleich danach zu dem Eisgeschäft am Platz auf, um sich durch fragola und cioccolato zu kosten, während Markus den blumigen Duft einer rassigen Italienerin an seine Sinne ließ. Nur Daniel blieb an der Fontana stehen, warf eine Münze über seine rechte Schulter. Sie flog an seinem bunten Stirnband vorbei in das klare Wasser und er wünschte sich, eines Tages wieder in die Ewige Stadt zurückzukehren. Tatsächlich kam er als Einziger zurück, aber das war eine andere Geschichte. Die Akropolis sahen die Freunde nur von weitem, aber sie kauften pflichtbewusst eine Postkarte und bestaunten das helle Weiß, das sich vom sattblauen Himmel abhob. Mit einem Segelschiff durchquerten sie das Mittelmeer und in den Nächten, die sie unter dem Sternenzelt verbrachten und Gitarre spielten, träumten sie von der Zukunft, die nie stillstehen würde. „Eines Tages", sagte Silvester, „werde ich alles hinter mir lassen und in einem anderen Land leben und noch einmal anfangen." „Eines Tages", versicherte Markus, „werde ich sehr erfolgreich sein und eine wunderschöne Frau an meiner Seite haben." „Eines Tages", meinte Patrick, „werde ich mit einer Band um die Welt touren und entlang der Westküste Amerikas einen Roadtrip machen." „Eines Tages", sagte Daniel, „werde ich eine Familie haben und meinen Kindern die Welt zeigen." Was ein Mann tun sollte, scherzten sie, einen Sohn zeugen, ein Haus bauen und einen Baum pflanzen. „Und vielleicht", warf Markus ein, „auf den Jakobsweg gehen." „Gehen wir gemeinsam", schlug Daniel vor, „irgendwann, in zwanzig, dreißig Jahren." „Wenn wir da noch gehen können", witzelte Silvester, „dann gehen wir gemeinsam." Patrick nickte.

Der Grund, weshalb ich meinen Papa Daniel, Martin und Silvester so viele Jahre später zum Flughafen führte, lag darin, dass sie an einem unbedeutenden Tag im März 1998 gezwungen wurden, stehen zu bleiben. An diesem Tag wurde Patrick begraben. Als Daniel die Wohnung verließ, um zur Beerdigung aufzubrechen, blieb sein Blick am Foto des römischen Sommertages hängen. Er fragte sich, wo die Zeit geblieben war. In den folgenden Jahren trennten sich die Wege der Freunde: Daniel gründete eine Familie, Silvester zog in ein fernes Land, Martin ging den Jakobsweg alleine. Ich blickte in den Rückspiegel. Jeder von ihnen hatte einen Sohn gezeugt. Jeder von ihnen hatte seiner Familie ein Zuhause geschaffen. Ob jeder von ihnen einen Baum gepflanzt hatte, wusste ich nicht.
Heuer, genau zwanzig Jahre nach Patricks Tod, brachen sie auf, weil sie es versprochen hatten. Es hatte seine Zeit gedauert; jeder von ihnen musste sein Leben leben, um bereit dafür zu sein, sich auf

diesen Weg zu machen. Jeder fühlte, es ging um viel mehr als um den Weg nach Santiago.
Ich war sicher, sie würden sich an Patrick erinnern, wenn sie den Jakobsweg gingen, für ihn beten, wenn sie am Morgen in der Kirche waren und er würde selbstverständlich bei ihnen sein. Der für immer Junggebliebene würde seine Schritte neben ihnen tun und vielleicht beobachten, wie sie den steinigen Weg abschritten, auf den Lippen eines seiner selbstgeschriebenen Lieder. „Patrick", sagte Daniel oft, „hat mir den Mut zu träumen gegeben wie Silvester mich gelehrt hat, ein größeres Ziel vor Augen zu haben als nur den nächsten Schritt." Mein Papa erzählte oft von ihnen, aber besonders von Patrick und ich hatte den Eindruck, er musste es tun, weil er ihn nicht gehen lassen wollte. Er wollte etwas von ihm bewahren; er wollte, dass etwas von seinem Freund auch in unserem Leben weiterwirkte. Ich wurde so sehr in diese Geschichten gezogen, dass es mir vorkam, als hätte ich manches davon selbst erlebt.

Wenn ich diese Männer auf der Rückbank sitzen sah, hatte ich den Eindruck, sie hatten immer schon gewusst, was sie wollten, obwohl mir ihre Geschichten etwas anderes erzählten. Auch ich wurde ein Teil ihrer Geschichten als Daniels älteste Tochter, die mit Pauken und Trompeten ganz plötzlich in sein Studentenleben geplatzt war. Martin wurde mein Taufpate und Silvester schickte mir oft Rubine aus Burma, als er dort gelebt hatte. Einen ließ er mir zu meinem achtzehnten Geburtstag einfassen. Es war nicht einfach nur ein Schmuckstück. Es war ein Talisman, denn er hatte begonnen, an Geister zu glauben.

Dass sich die drei heute auf den Weg machten, war für mich ein Zeichen dafür, dass manche Dinge im Leben Zeit brauchten. Dass man auf den richtigen Moment warten musste, aber dass man seine Ziele niemals aus den Augen verlieren sollte. Ein kleiner Schimmer dieser Sicherheit hat auf mein Leben eingewirkt, wenn ich mich frage, warum wir enttäuscht werden, warum manches vor unseren Augen

zerbrechen muss. Meine Eltern schüttelten immer im Gleichklang den Kopf, wenn ich das Leben verfluchte.
„Lass dem Leben Zeit. Du wirst verstehen, wenn die Zeit kommt“, sagten sie dann.
Und so saßen an diesem Frühlingstag nicht einfach nur drei Männer mit grauen Schläfen in meinem Auto. Mit ihnen transportierte ich ihre Geister, ihre Fantasie, ihre Hoffnungen und Träume, die unterschiedlicher nicht sein konnten. Ich brachte sie nicht einfach in Richtung einer Reise. Ich brachte sie der Einlösung ihres Versprechens näher – und einem lieben Freund, der dort auf sie wartete, wo er es versprochen hatte.

Und dann, als ich ihnen von der Absperrung aus zuwinkte; sie ansah, wie sie umständlich ihre großen Rucksäcke schulterten, wusste ich, weshalb sie auf ihre Umgebung wie Magneten wirkten: sie waren die Meister; der Anfang aller Leidenschaft, die unangefochtenen Könige skurriler Einfälle und verrückter Ideen: die Großmeister der magischen Momente.

3. Kapitel

In der Bar *Taormina*.

Julia trat auf die kleine Gruppe zu.
Isabella war nicht auf der Tanzfläche wie immer, sondern saß mit Christoph und Michele an der Bar. Francesco mixte ihnen gerade die Caipirinhas.

„Hallo“, begrüßte Julia alle.
„Weißt du, wo Emma ist?“, fragte Isabella.
„Ich denke, sie schreibt.“, entgegnete Julia und umarmte Michele zur Begrüßung.
„Aber wo ist sie?“, hakte Isabella nach.
„Ich weiß es nicht. Irgendwo in Italien, schätze ich.“
Isabella schnaubte.
„Was ist denn?“
„Es war so klar. Wahrscheinlich sitzt sie irgendwo und isst den ganzen Tag Pasta“, Isabella hob die Augenbrauen.
Julia schmunzelte. „Das glaube ich nicht“, sie ließ den Brief, den sie an diesem Morgen erhalten hatte, auf den Tresen gleiten, „ich glaube, sie hat angefangen.“
Isabella begann zu lesen. Christoph las über ihre Schulter hinweg mit. Michele nahm die Drinks entgegen.
Francesco zwinkerte Julia über die Bar hinweg zu: „Alles klar, Süße?“
„Ja, alles gut, danke. Wenn Fabian jetzt auch noch im Sachunterricht aufpasst, bin ich der glücklichste Mensch.“
„Du wirst wenigstens nicht von deiner Kollegin bestiegen“, sagte Michele.
Julia lachte: „Du hast es auch nicht leicht.“
„Ja, das passiert, wenn man im Theater arbeitet. Da sind lauter verrückte Leute“, er hob das Glas, „Prost euch allen!“ Julia stieß mit ihm an.
„Was ist mit deiner Kollegin?“, fragte Julia Michele.

„Ach, braucht Aufmerksamkeit, weil mal wieder eine Beziehung in die Brüche gegangen ist", er wedelte mit der Hand, um zu unterstreichen, dass es ihm gleichgültig war.
„Und wie geht es deiner Freundin?"
„Gut", sagte er, „gestern haben wir geskypt. Ich bin froh, dass diese örtliche Trennung nur für eine Weile ist. Dauerhafte Fernbeziehungen wären wirklich überhaupt nichts für mich."
„Für mich wohl auch nicht", gab Julia zurück, „und jetzt lass uns eine Runde tanzen!"

Michele führte sie auf das Parkett, wo sie gemeinsam in die Salsa-Rhythmen eintauchten. Francesco sah ihnen von der Bar aus zu.

„Du solltest etwas tun", sagte Isabella. Francesco fuhr zusammen. Er kam gerade noch dazu, sein gewinnendes Lächeln aufzusetzen: „Was meinst du?"
„Du willst doch was von ihr", gab Isabella zurück und nickte in Richtung Julia.
„Ah, nein", Francesco schüttelte den Kopf.
„Aber wohl. Du siehst sie jedes Mal an als … als …"
„Wie ein Weidenröschen", half Christoph nach, aber die beiden anderen sahen ihn nur verständnislos an.
„Du bist wirklich ein Vollblut-Pharmaziestudent", Isabella schüttelte den Kopf und wandte sich wieder Francesco zu.
„Ich nehme das als Kompliment", gab Christoph beleidigt zurück, „und nur, falls es euch Banausen interessiert: ich spreche von *Epilobium parviflorum*. Die gehören zur Familie der Nachtkerzengewächse. Gut, okay, es hilft auch bei Prostataleiden, aber erwähnt habe ich es, weil …"
Er bemerkte, dass die anderen längst nicht mehr zuhörten.
„Na, du irrst dich", versicherte Francesco, „Weidenröschen hin oder her."
Sie lächelte: „Na schön. Tanzt du eine Runde mit mir?"
Er sah sich um und fand, dass gerade nicht so viel zu tun war. Daher umrundete er die Bar und führte sie mitten auf die Tanzfläche.

Christoph beobachtete die beiden. Er hätte gerne so tanzen können wie Francesco, oder auch wie Michele, aber er hatte sich nie dazu überwinden können, es auszuprobieren. In Wahrheit war er der einzige von ihnen, der nicht tanzen konnte. Wie er in dieser WG mit Emma, Isabella und Michele gelandet war, war ihm überhaupt ein Rätsel. Manchmal dachte er, in allen ihren kreativen Fächern und Berufen hatten sie vielleicht einfach einen Quotennerd gebraucht.

Wie auch immer. Es war ein gewöhnlicher Donnerstagabend, der erste des Monats, um genau zu sein. Sie tranken miteinander, die anderen tanzten und irgendwann zogen sie sich in eine Ecke zurück, wo sie einander Geschichten erzählten. Ja, er hatte das auch äußerst seltsam gefunden. Damals hatte er gerade mal einen Tag bei ihnen gewohnt und sie hatten ihn in die Bar mitgenommen. Als alle sich um den Holztisch versammelt hatten und er schon befürchtet hatte, sie würden irgendeine Erwachsenenversion von *Wahl, Wahrheit oder Pflicht* spielen, deutete ihm Emma, sich zu ihr zu setzen.

Isabella hatte schon angefangen, da erklärte ihm Emma, dass sie einander jeden ersten Donnerstag im Monat Geschichten erzählten. Es konnten ganz gewöhnliche, auch kurze sein. Oder man erfand etwas, das man vortrug. Dabei konnten Professoren zu mutigen Rittern aus dem Nibelungenlied werden oder verliebte Brüder konnten plötzlich mehrere Dornröschen wachküssen müssen – so viele, dass sie ihr Examen verpassten und so weiter.

„Warum?“, fragte er und hoffte, nicht in eine Art Literatursekte geraten zu sein.

„Wir erzählen einander Geschichten“, antwortete Emma, „wir alle sind durch sie miteinander verbunden. Solange ich denken kann, habe ich Geschichten von anderen Menschen gehört. Und folglich habe auch ich die verrücktesten Geschichten erlebt und in ihnen ihre Besonderheit erkannt.

In meiner Familie war das immer der Weg, mit der Vergangenheit zu kommunizieren und einen neugierigen Blick auf die Zukunft werfen zu können. Eine Weile lang glaubte ich so sehr daran, dass Geschichten uns alle verbinden, dass ich in schwierigen Phasen meines Lebens immer und immer wieder in die Vergangenheit gewandert bin, um einen Hinweis auf die Zukunft finden zu können. Ich wurde nicht fündig, weil ich lernen musste, geduldig zu sein und nicht alles, was passierte, als Wahrsagungen zu missbrauchen. Ich musste alles zuerst geschehen lassen, bevor ich es einordnen konnte. Ich musste die Gegenwart als Konstante kennenlernen. Und indem ich stehenblieb, indem ich mich zwang, wieder in Ruhe aus- und einzuatmen, fand ich den Zauber wieder, von dem jeder einzelne Moment erzählt.
Aber das nur in aller Kürze zum *Warum*.
Wir sind hier, weil die Menschen einander viel zu wenig Geschichten erzählen."

Christoph hatte nicht einmal die Hälfte dessen verstanden, was sie von sich gegeben hatte, aber er hatte es als eine Art WG-Spiel angenommen und irgendwann einen gewissen Gefallen daran gefunden, die verrücktesten Dinge zu erzählen. Zunächst einmal hatte er schlicht irgendetwas erfunden. Nach und nach aber erkannte er, dass sich gewisse Dinge verarbeiten ließen. Verwandte, die einen ein halbes Leben lang gequält hatten, konnten so zu einer Geschichte werden, in der sich ein kleiner roter Drache unter ihrem Revers versteckt hielt, um ihnen die nächste Gemeinheit einzuflüstern. Als aber ein versteinerter Ureinwohner erwachte, befahl er dem Drachen skurrile Streiche und anstatt Gemeinheiten verließen Liebesbezeugungen die Lippen des Verwandten. Diese Geschichte hatte er sogar ausgebaut und zum Dreiteiler angelegt. Christoph hatte damit ein ihm offenbar eigenes komisches Talent entdeckt, denn die anderen liebten es, wenn er sich in den fantastischsten Begebenheiten verlor.

Vor einem Jahr dann wurde sein Uropa beerdigt. Es war nicht so, dass Christoph ihn besonders gut gekannt hatte, aber sein Tod stürzte ihn in Gedanken über die Vergänglichkeit und ein Leben nach dem Tod. Außerdem hatte ihm sein Urgroßvater ein altes Fotoalbum vererbt, in dem er als junger Mann in Venedig zu sehen war. Die schwarz-weißen Bilder waren aber nicht alles, was das Fotoalbum in sich trug. Als er die letzte Seite umblätterte, fiel ihm ein Brief in die Hände. Es war ein Liebesbrief seines Urgroßvaters an seine Urgroßmutter, die er in Venedig kennen und lieben gelernt hatte. Die Worte erzählten von ihrer Schönheit, von ihrem langen, goldenen Haar, von ihrem großen Herzen und ihrer sanften, aber doch bestimmten Art. Am Donnerstagabend, nach seinem wertvollen Fund, hielt er den Brief unter dem Tisch in den Händen, als er ihre Liebesgeschichte wie Puzzleteile zusammenfügte und den anderen zum ersten Mal eine Geschichte ohne Drachen erzählte. Emmas Augen leuchteten; alles an ihr wollte diesen Brief lesen, aber obwohl sie vor Neugier beinahe barst, wagte sie nicht, ihn danach zu fragen.

Michele und Julia kamen an die Bar gestürmt und tranken ihre Caipirinhas beinahe in einem Zug leer.
Michele klopfte Christoph auf die Schulter: „Alles okay bei dir?"
„Ja", gab er zurück, „es war nur ein langer Tag."
Julias Blick wanderte von ihm zu Isabella und zurück. Sie wusste genau, was ihm durch den Kopf ging. Francesco und Isabella kamen vom Tanzen zurück und sofort gab es eine neue Runde Cocktails.
„Schade, dass Emma heute nicht da ist", meinte Michele dann.
„Sie hat wirklich diesen komischen Brief geschrieben", sagte Isabella, „diesem Autor von wasweißichwann, um zu sagen, sie hat angefangen? Ein SMS hätte wirklich auch gereicht." „Nicht für sie", gab Julia zurück, „das weißt du doch." Isabella schüttelte den Kopf: „Ich weiß. Es ist nur – sie könnte es sich manchmal wirklich einfacher machen."
„Einfach ist nicht ihr Ding", Michele setzte den Cocktail schon an und wurde mit einem strengen Blick von Francesco bedacht, der eisern darüber wachte, dass angestoßen wurde bevor ein neues Getränk begonnen wurde.

„Auf Emma", Francesco hielt seinen Caipirinha in die Höhe. Die anderen stießen mit ihm an: „Auf Emma."

Der Virtuose.

Dass er den Sommer bei seinem Großonkel in Venedig verbrachte, war einem Zufall zu verdanken. Sein Bruder wollte in letzter Minute doch nicht nach Italien aufbrechen und nach einem Familienrat im engsten Kreise wurde entschieden, dass der Großonkel keineswegs enttäuscht werden dürfte. An seines Bruders statt, der für ein Studium der Schönen Künste auserwählt worden war, sollte also er nach Venedig gehen und einige Geigenstunden nehmen. Zunächst war er alles andere als begeistert. Sein Fachgebiet war von jeher die Physik gewesen. Wie auch sein Bruder hatte er gelernt, die Violine zu spielen, aber er war weder annähernd so begabt, noch so interessiert daran, daher hatte er keine Ambitionen, diese Freizeitbeschäftigung sein Leben lang auszuüben.

Als er mit seinen wenigen Habseligkeiten, die er auf der Reise brauchen würde, nach Italien aufbrach, verfluchte er seinen Bruder insgeheim. Welche Gründe auch immer er den Eltern vorgebracht haben mochte, Leonhard wusste, dass er in Wahrheit bei einer jungen Frau seine Zeit verbrachte, die zu wenig standesgemäß war, um sie zu heiraten und zu schön, um sich von ihr zu verabschieden. Das Zugabteil war stickig, ihm gegenüber saß eine dickliche ältere Frau, die nach Katze roch.

Als er den Bahnhof Venedigs erreichte, war er froh, dem brechreizerregenden Schaukeln des Zuges entkommen zu können. Er erhob sich, um seine steif gewordenen Glieder auszuschütteln und sah den Großonkel schon auf dem Bahnsteig stehen. Er war ein älterer Herr um die sechzig, der einen stets penibel gekürzten Schnauzbart trug und einen Strohhut auf dem Kopf hatte. Sein Großonkel stützte sich auf einen eleganten Spazierstock. „Leonhard“, begrüßte er ihn, als er auf den Bahnsteig trat, „schön, dass du gekommen bist.“ Es klang nicht liebevoll, sondern höflich und sein Diener nahm dem jungen Mann sämtliches Gepäck ab.

Sein Großonkel bewohnte ein kleines Stadtpalais, das nur zwei Querstraßen hinter der Promenade von San Marco lag. Die schmale Steintreppe führte in einen großen Salon, dessen Fenster von schweren Vorhängen beinahe gänzlich verhüllt wurden, sodass das Tageslicht nur zu erahnen war. Eine feuchte Schwere lag im Raum; die Möbel waren dunkel und unnahbar. Auf dem Tisch stand ein geblümtes Kännchen, das mit Tee gefüllt war. Es reichte gerade, um die beiden kleinen Tassen, die daneben standen, einmal füllen zu können. Mehr Zeit als nötig war, um die kleinen Tässchen zu leeren, war für die Konversation nicht eingerechnet. Sein Zimmer war schlicht, aber teuer eingerichtet. Er stellte den Geigenkoffer neben das Marmortischchen. Dann zog er die Vorhänge zurück und öffnete das Fenster, das eine schöne alte Holzrahmung hatte. Sofort stieg ihm der salzige Duft der See in die Nase. Er kitzelte ihn und er mochte es nicht. Er schloss das Fenster wieder.

Während der nächsten Wochen begann er, Gefallen daran zu finden, über die Promenade zu flanieren und seinen Kaffee wie die Italiener morgens mit einem Croissant einzunehmen. Immer öfter frühstückte er nicht das künstliche Wiener Frühstück mit seinem Onkel, sondern ließ sich durch die Stadt treiben, um ein neues Café zu entdecken. Seine Italienischstunden in der Schule hatten sich ausgezahlt. Manchmal sahen ihm Frauen nach, was eine ganz ungewohnte Erfahrung für ihn war. Und ganz langsam gewöhnte er sich an den beißenden Geruch des abgestandenen Wassers zwischen den alten Häusern. Sein Großonkel achtete darauf, dass er auch sein Geigenspiel nicht vernachlässigte. Nach und nach wurde er geschickter mit dem Instrument. „Behandle die Violine, als wäre sie ein Teil von dir“, schärfte ihm sein Lehrmeister ein. Der junge Mann nickte und schielte aus dem Fenster, um ein junges Paar im Boot über den Fluss fahren zu sehen.

Als sein Großonkel eines Vormittags besonders ungeduldig war, packte er Leonhard am Ohr und fauchte: „Nein! Du hast es noch nicht. Du fühlst es nicht. Leg die Geige hin. Das ist eine Beleidigung für meine Ohren." Der Onkel verließ das Zimmer. Als er ihm später zusah, wie er sein intensiv duftendes Eau de Cologne auftrug, fragte Leonhard ihn, ob er ihm noch böse war. „Es geht nicht darum, dass du nicht richtig spielst", gab der Onkel ihm zur Antwort, „du hörst nicht richtig." Um ihn zu schulen, nahm er ihn an diesem Abend in die Oper mit. Zum ersten Mal begriff er dort, was Musik ausmachen konnte. In dieser Nacht verliebte er sich in die Klänge. Er verliebte sich in die Leichtigkeit des Lebens wie er sie bis jetzt nur in der Musik spüren konnte.

Von diesem Moment an übte er täglich mehrere Stunden. Wenn sein Onkel nicht da war, öffnete er die Balkontüre, die vom kleinen Kabinett mit den chinesischen Wandverzierungen auf einen kleinen Balkon hinausführte. Dann stand er nur in Hose und Unterhemd bekleidet im Freien und stellte sich vor, das Meer wäre seine Geliebte und er würde alleine für sie spielen. Er stellte sich vor, wie die Klänge über das Wasser strichen, sanft mit den Wellen gegen die Balken der Stadt schwappten und in den heruntergekommenen Stiegenhäusern nachbebten bis sie endlich in den Ritzen der unverputzten Wände verstummten. Sie begaben sich auf die Reise mit den Gondolieri, begleiteten eine Weile deren Stimmen und gaben den Sehnsüchten der jungen Damen, die mit ihren Müttern die Promenade entlang streiften, eine Form des Ausdrucks.

Nach einer Weile fiel ihm auf, dass eine Frau ab und zu, wenn er spielte, vor seinem Balkon auf der Straße stand und zuhörte. Sie trug ein auffälliges Kleid, stellte er eines Tages fest und wie ihre dunkel geschminkten Augen ihn musterten, war er sich sicher, er spielte für eine Hure. Weshalb lauschte eine Hure seiner Musik? Konnte sie davon etwas verstehen? Irgendwann stellte er seinem Großonkel diese Frage. „Natürlich nicht", brummte dieser, „und Himmelherrgott, Junge, beschäftige dich nicht mit Huren!" Er sah sie trotzdem an wie sie unter der Straßenlaterne zu ihm hinaufblickte. Träumte sie sich durch seine Musik in eine andere Welt hinein? Irgendwann ging er hinunter auf die Straße. Sie stand noch immer da und wartete, dass er wieder auf den Balkon trat. „Verzeihung", sprach er sie an, „gefällt dir, was ich spiele?" Als sie errötete, merkte er, wie jung sie war. „Es tut mir leid", sagte sie und wollte gehen, doch er hielt sie fest. „Komm doch hinein", bat er sie. Unsicher blickte sie ihn an, dann sah sie sich auf der Straße um. „Ich sollte nicht", gab sie leise zurück. „Weshalb hörst du mir zu?", fragte er dann. „Weil ich es schön finde", antwortete sie einfach. „Du kannst gerne ein bisschen früher kommen und hinaufkommen, um zuzuhören", bot er nochmals an und hoffte, er hatte es in der fremden Sprache richtig ausgedrückt. Sie nickte und lächelte.

Zwei Tage lang sah er sie nicht und fürchtete, dass er sie verschreckt hatte. Am dritten Tag erschien sie wieder und ließ sich von ihm in sein Zimmer führen. Er spielte ihr vor und sie saß reglos auf seinem Bett, die Augen zu Boden gerichtet und hörte zu. Ab und zu traten Tränen in ihre Augen. Manchmal blieb sie länger, ein andermal erhob sie sich einfach mitten im Stück und ging. Dabei öffnete und schloss sie die Türe ganz leise, sodass sie ihn nicht störte. Die Finger hatte sie immer in ihrem Schoß verschränkt und rieb mit dem Daumen der rechten Hand auf ihren linken Knöcheln. Ihr Atem ging ganz ruhig, stellte er fest, als er zu ihr hinüberschielte. Die Schminke in ihrem Gesicht verdeckte ihre Schönheit, denn sie hatte für diese Region ganz untypische, hellgrüne Augen. Ein bisschen wie das Meer, dachte er. In ihr war etwas von dem langsamen Verfall der Stadt gespiegelt. Sie sah verbraucht aus, denn er war sich sicher, ihre Träume waren es.

Dann, eines Nachts, als es draußen in Strömen regnete und die Sommerhitze zwischen die Pflastersteine spülte, nahm sie seine Hand und führte ihn zu seinem Bett. „Man sagt", sagte sie, als sie sein Zimmer am nächsten Tag verließ, als sie ihn nicht geküsst, sondern nur sanft berührt hatte, „ein Mann vergisst seine erste Frau nie. Denkst du, das ist so?" „Ja", sagte er verwirrt, weil er wusste, das war es, was sie hören wollte. Dann war sie verschwunden. Tage wartete er auf sie. Als sie nicht kam, wusste er, es war ihre Art gewesen, ihm zu danken.

Als er mit seinem Großonkel öfter in die Oper kam, wurde Getuschel laut, sein Großonkel suche eine Braut für ihn. Entgegen der Vorstellungen der gehobenen Gesellschaft allerdings ging er gerne noch mit dem Ensemble nach den Aufführungen etwas trinken. Wohlgeborene Damen interessierten ihn nicht. Er brauchte ihnen nur in die Augen zu sehen, um ihr gelangweiltes Leben darin reflektiert zu sehen. Bei seinen nächtlichen Ausflügen mit Sängern, Schauspielern und Tänzern begegnete er einer jungen Tänzerin. Sie war diszipliniert, erzählte man sich, stieg mit keinem ihrer Kollegen ins Bett und war morgens als Erste in den Proben. Dennoch ging von ihr ein leidenschaftliches Feuer aus, das sie kaum verbergen konnte. Er verliebte sich in sie. Gemeinsam streiften sie durch die venezianischen Nächte und sie tanzte nur für ihn auf einer kleinen Piazza nahe der Ponte Rialto, auf der ein Feigenbaum wuchs. Ihr Seidenkleid wirbelte durch die Luft, als sie sich immer schneller drehte und er meinte, nie zuvor etwas so Leichtes gesehen zu haben. Er nahm ihre Hand und führte sie in einen Walzertakt, weil er ein kleines Stück zu Hause an diesem Ort gefunden hatte. Es war ihm, als hätte er all die Tanzstunden in dem kleinen Saal in der Innenstadt nur für diesen Moment über sich ergehen lassen. Nur, damit er sie heute in diesen Takt führen konnte, den nur sie beide hören konnten.

Ihre Hochzeit fand am 03. Juni 1942 statt, als die kleine Tänzerin ihn, einen Halbjuden, aus Liebe heiratete.

Die Geschichte des schüchternen Mädchens und des jungen Mannes, der die Leichtigkeit lieben gelernt hatte, endete erst über sechzig Jahre in der Zukunft, als sie für immer die Augen schloss. Zu dieser Zeit war sie längst eine gefeierte Primaballerina und er ein Universitätsprofessor für Physik und passionierter Geigenspieler; ein Instrument, das er lieben gelernt hatte, weil es sie in sein Leben gebracht hatte.

Mount Ventoux.

Auf dem Gipfel ist das Ende aller Dinge und des Weges Ziel, darauf unsere Pilgerfahrt gerichtet ist. Dorthin gelangen wollen zwar alle, aber, wie Ovid sagt: Wollen, das reicht nicht aus, Verlangen erst führt dich zum Ziele.

- *Francesco Petrarca*

Der steinige Weg lag vor mir, aber erst, als er neben mich trat, konnte ich den ersten Schritt machen.
Seine Hand griff in meine und er sagte: „Hab keine Angst vor dem Anfang."
„Das habe ich immer", gab ich zurück.
„Das haben wir immer", erwiderte er.
„Nicht jemand wie du", sagte ich.
„Woher weißt du das?"
„Du hast der Welt ein Stückchen Ewigkeit geschenkt. Worte, die niemand jemals vergessen wird. Worte, nach denen sich Generationen von Schriftstellern gerichtet haben."
„Ja. Auch mit ihnen musste ich irgendwann beginnen."

Stetig setzten wir Schritt vor Schritt. Die Hitze verbrannte unsere Nacken, das Plateau auf der Spitze schien unendlich weit weg und versank in flirrender Trübe des gleißenden Tageslichts. Wenn ich den Kopf hob, stach mir die Sonne in die Augen, also zwang ich mich, auf die Füße hinabzuschauen; meine groben Schuhe hinterließen tiefe Abdrücke im weichen Boden. Seine Füße hingegen hinterließen keine Spuren und während mir nach einer Weile die Schweißperlen auf der Stirn standen, ging er immer noch stetig voran, die Haube und die Lorbeerkrone auf dem Kopf. Es rührte sich nichts um uns herum. Da war nur feiner, roter Sand, den der leichte Wind in unsere Poren trug. Alles war erfüllt von Stille und Weite. Manchmal lagen mir Worte auf der Zunge, die ich aber nicht darüber hinaus ließ, weil ich Angst hatte, die Stille zu zerstören, also schritten wir gemächlich nebeneinander her. Ich wandte mich um, um zu sehen, wie weit der Weg war, den wir schon zurückgelegt hatten.

„Was machst du da?“, fragte er.
„Ich schaue, wieviel wir schon geschafft haben.“
Er schüttelte den Kopf und kam zu mir. Dann zog er aus seinem Kranz ein grünes Band und verband mir die Augen.
„Du stellst die falschen Fragen“, sagte er, „was erwartest du dir davon, dass du abschätzt, wie lange du schon gegangen bist?“
„Damit ich es erzählen kann“, erwiderte ich, „denn darum geht es doch, oder? Darum bin ich hier? Um das Erzählen kennenzulernen?“
„Aber du wirst es nicht messen können. Du wirst es niemandem objektiv beschreiben können.“
„Aber ich kann die Farben beschreiben, die mich umgeben, oder nicht? Die Anzahl der Steine, die Flüsse, die um uns fließen.“
„Erzähle es mir“, bat er.
„Also hier vorne“, ich wandte mich hilflos zur Seite, weil ich mir nicht sicher war, in welcher Richtung er lag, „da gibt es einen kleinen Hügel. Auf dem wächst eine Pinie. Und darauf ist wunderschönes Grün.“

„Wunderschönes Grün?“, ich konnte fühlen, wie er die Stirn runzelte.
„Ja, Grün eben.“
„Wie, grün?“
„Verde. Meraviglioso verde.“

„Ich kann dich schon verstehen“, sagte er, „aber das ist es nicht, was ich wissen möchte.“
„Was willst du wissen?“, fast hätte ich zu weinen angefangen.
„Ich will wissen, was Grün für dich ist. Erkläre mir Grün.“
„Grün ist die Hoffnung“, gab ich zurück und fand, es klang nur abgedroschen.
„Ja, sagt man.“
„Man sagt, …“

„Lass *man* da raus. *Man* ist ein Ausdruck für Menschen, die es für andere besser wissen als für sich selbst."
„Ich … ich … kann es nicht."
Er band mir die Schärpe ab.
„Es geht nicht darum, dass du nicht richtig erzählst. Du siehst nicht richtig. Sieh genau hin. Dieses Band, das ich trage. Welche Farbe hat es für dich?"

„Ich … ich …", ich kämpfte gegen die Tränen an, „ich weiß es doch nicht! Es ist einfach so grün wie die Wiese zu Ostern im Garten meiner Großeltern, als wir dort gespielt haben!"

Er lächelte: „Ja, genau. Weiter?"

„Es", ich biss mir auf die Lippen, „es ist so grün wie der verunglückte Cocktail, den ich meinem besten Freund vor Ewigkeiten zusammengemischt habe. Es ist so grün wie die Farbe in den Augen meines Exfreundes, wenn es Sommer wurde. So grün wie es vielleicht grünt, wenn Spaniens Blüten blühen. So grün wie die Luftmatratze, auf die alle Cousinen sich im Urlaub setzen wollten. So grün wie die Blätter des Blumenstraußes, den mir ein Klassenkollege als Dankeschön für die Deutschunterlagen nach der Matura geschenkt hat. So grün auch wie der Baum in Griechenland, neben dem sich Freunde von mir das Jawort gaben. Es ist so grün wie das Kleid meiner Mama bei meiner Taufe. So grün wie der Schal, in dem ich das erste Mal meinen kleinen Bruder getragen habe. So grün wie die Schleifen auf dem Picknickkorb, neben dem mein Schwager meiner Schwester den Heiratsantrag gemacht hat. So grün wie die Blätter des Indian Gardens am Grand Canyon", ich sah mich um und atmete so tief aus, als wäre ich gerade einen Marathon gelaufen.

Er nahm meine Hand und band die Schleife um mein Handgelenk.
„So ist Schreiben", erklärte er, „es ist immer subjektiv. Du musst nichts erklären. Du schreibst eine Einladung, in deine Welt einzutreten."

„Ich habe Angst", sagte ich.
„Das musst du nicht", er legte mir die Hand auf die Schulter.
Das nächste Stück des Weges fiel mir leichter.

Da war der Staub, unter dem ich nur starke, stützende Erde fühlte. Die Weite sickerte in meine Brust und dehnte sich dort aus. Ich fühlte, wie Platz für Neues wurde. Mein Hals und meine Hände nahmen die Sandschicht an und hüllten mich gänzlich ein, sodass ein dünner Film mich von der Umgebung trennte. Um mich herum begann alles zu blühen und als ich das nächste Mal auf meine Schritte sah, wuchsen unter den groben Wanderschuhen kleine lila Blüten. Mein Kopf begann sich zu drehen, um zu sehen, ob sie blieben, wenn ich weitergegangen war, aber er fasste meine Schultern und flüsterte: „Nicht umdrehen."
Dann wies er nach oben.
„Siehst du das Ziel?", fragte er mich. Ich nickte und zum ersten Mal fielen mir die kleinen Schilder am Wegesrand auf, die alle den Namen *Laura* trugen.
„Natürlich", sagte ich mehr zu mir selbst, „*Laura*."
„So lange", entgegnete er, „bis du deinen Schlüssel gefunden hast."
„Ich verstehe nicht."
„Das wirst du. Du bist noch lange nicht am Ziel."

Der Sand wölbte sich gen Himmel und ich fasste seine Hand fester, als sich ein Wind erhob und die feinen Körner in Richtung Sonnenschein trug. Dort verwandelten sie sich in goldene Flocken, die irgendwann auf uns hinunterschneiten. Meine Schuhe wurden in Gold getränkt und meine grobe Kleidung wandelte sich in ein goldenes Abendkleid, dessen lange Schleppe ich beim Erklimmen des Gipfels nicht spürte. Sie erwartete uns dort. Ihre schlanke Figur zeichnete sich deutlich gegen die Bäume hinter ihr ab. Laura trug die Farben einer sternklaren Nacht. Seine Hand drückte meine noch ein letztes Mal. Dann nahm er die Krone ab und legte sie mir in die Hände.

„Es ist gleich, wo du bist, wenn du weißt, was uns verbindet“, sagte er. Seine Schritte entfernten sich von mir und ich sah, wie sie sich bei ihm unterhakte. Strahlend schritten sie davon bis ihre Gestalten nur mehr kleine Punkte im eisblauen Himmel waren.

Ich stand dort – gekleidet wie eine Prinzessin, aber noch nicht gekrönt. Und blickte nicht zurück.

4. Kapitel

In der Bar *Taormina*.

Am Abend saß Julia bei Francesco in der Bar. Sie las den Brief von Emma noch einmal. „Alles klar bei dir?“, fragte Francesco.
„Ja, klar. Alles gut“, sie faltete ihn zusammen und steckte ihn in den Umschlag zurück. „Warum beschäftigt es dich so, dass Emma ihr Buch schreibt?“, fragte er dann, „es wirkt ein bisschen, als würde es dir Sorgen machen.“
„Ich glaube, mit den eigenen Gedanken alleine zu sein, kann sehr gefährlich sein. Besonders für jemanden wie Emma.“
„Warum denkst du das?“, fragte er stirnrunzelnd und stellte ihr einen Caipirinha hin.
„Weil dort, in ihren Gedanken, alles noch viel komplizierter ist als es sein müsste. Und sie muss das Rad nicht neu erfinden. Sie soll einfach nur wieder da sein.“
„Vielleicht muss sie ihr Rad neu erfinden“, gab er zu bedenken.
„Du hast sie nicht darüber sprechen hören, wie es ist, wenn sie schreibt. Es ist so kompliziert, so voll, so seltsam.“ Er lachte.
„Ich verstehe dich nicht“, sagte er dann.

„Ja, eben. Das ist ja das Problem! Ich werde dir ein Beispiel geben. Emma sagt immer, dass jede Geschichte ein kleines Universum für sich sei; ein kleines Universum all dessen, was war, was sein würde und was vielleicht hätte gewesen sein können. Sie barg neben dem, was wirklich geschehen war, auch noch alle Möglichkeiten, die implizierten, dass eine Situation sich anders hätte entwickeln können. Aus diesem unerschöpflichen Fundus heraus entstand eine Erzählung. Genau an diesem Schnittpunkt aller Möglichkeiten entstehe das Schreiben selbst. Sie könne nicht erklären, wie sie entscheidet, welchen Weg eine Geschichte gehen muss. Es sei nicht entscheidend, ob sie die Person, auf der ein Charakter basierte, ein ganzes Leben lang kenne oder ihr gerade erst begegnet sei. Ein realer Mensch wird zu einem Charakter, eine Person wandert durch ihre Fantasie und kann am

Ende jemand völlig anderer geworden sein“, sie holte tief Luft und prostete Francesco mit ihrem Caipirinha zu.
„Okay, ich denke, ich weiß jetzt, was du meinst“, entgegnete er, wobei er sich lässig an die Bar gelehnt hatte.
„Ich verstehe seitdem jedenfalls besser, warum es sich manchmal nicht mit dem richtigen Leben vereinbaren lässt.“
„Klingt wirklich kompliziert“, gab Francesco zu und machte sich an die nächste Bestellung, „aber sag mir: wie geht es dir?“

„Mir geht es gut, vielen Dank!“
„Gehst du noch mit Philipp Salsa tanzen?“, fragte er dann.
„Nein“, gab sie zurück, „ich fürchte, er hat meinen Humor nicht gut vertragen.“
Francesco lachte: „Aber das ist doch das Beste an dir!“
„Danke“, sie nahm noch einen Schluck und beobachtete, wie er eine Flasche Rum in die Luft schwang.

Wenn er Cocktails mixte, nahm er immer eine leicht gebeugte Positon ein, sodass seine Arme locker von den Schultern herabbaumeln konnten. Dabei ließ er die Daumen nach innen gerichtet, was ihm die Haltung eines Affen gab, der zum Sprung bereit war. Seine Finger fischten Limetten aus den silbernen Kübeln neben sich, griffen nach dem Shaker und wischten die Arbeitsfläche sauber. Seine Bewegungen waren dabei ebenso fließend wie wenn er Salsa tanzte. Der einzige Unterschied war, dass er beim Tanzen immer lächelte, während sein Gesicht einen gespannten Ausdruck annahm, wenn er Cocktails mixte. Julia und Emma hatten ihn oft beobachtet, wenn ihm Schweißperlen auf der Stirn standen, weil viele Bestellungen eingingen und die Flaschen durch seine Hände wanderten und wieder daraus verschwanden als wären sie über die Gesetze der Schwerkraft erhaben.
Emma sprach dann immer von der „Magie des Augenblicks“ und davon, wie viel man in einem Menschen sehen konnte, wenn man nur genau genug hinsah.
Francesco zwinkerte ihr über die Bar hinweg zu. Sie lächelte zurück.

In der Lindenstraße 5.

Christoph hatte sich soeben einen Tee gemacht, als die Türe langsam aufging. Herein trat Isabella, die ihre Schuhe in der Hand trug. Der Regen prasselte jetzt unbarmherzig ans Fenster und tauchte alles in der Umgebung in unwirkliches Dämmerlicht. Die Straßenlaternen waren trüb geworden; sie hatten ihre Eigenschaft verloren, sich überall spiegeln zu können und waren nun nur noch der blasse Abglanz ihrer erhellenden Funktion. Sie funkelten nicht mehr schwerelos, sondern ruhten wie seltsame Ufos im Nachthimmel, dessen Sternenklarheit vom Wasser verwaschen wurde. Alle anderen Laute wurden vom unbarmherzigen Klopfen der Fluten übertönt.

Isabellas Haare, die ihr in Strähnen vom Kopf hingen, spiegelten die Verwirrung in ihren Augen.
„Ich …“, begann sie und hielt ihre Schuhe eng an den Körper gepresst. Ihr smaragdgrünes Kleid verschwand beinahe unter dem dunklen Mantel, den sie trug. Die runde Brille hatte ein wenig Wasser abbekommen; es schien, als blickte sie in weite Ferne.

„Hallo“, sagte sie. Ihr Brustkorb, an den die goldenen Schuhe gepresst waren, hob und senkte sich rasch.
„Hallo“, gab Christoph zurück im Wissen, dass das längst nicht alles war, was sie sagen wollte.

Sie öffnete den Mund, schloss ihn wieder, biss sich auf die Unterlippe. Sie atmete ein, hob die zarten Schultern, öffnete den Mund wieder. Dann zog sie die Augenbrauen zusammen, als wisse sie nicht, was nun zu sagen war, schloss ihren Mund wieder und er sah dem Schauspiel auf ihrem Gesicht noch eine Weile lang zu. Wie ihr Elfenbeinteint vom Rot ihrer Haare umrahmt wurde, wie ihre Lippen keinen Laut erhaschen konnten, um ihn weiterzutragen und wie sich doch ihr ganzes Inneres in ihren Zügen spiegelte. Die Anspannung ihres Gesichts zog sich hinunter in ihre Schulterhaltung und fand

Ausdruck in ihren verkrampften Fingern, die sich um die Riemen ihrer Sandalen schlossen. Daumen und Zeigefinger fuhren an den Bändern entlang, rieben sie zwischen den Kuppen und zwirbelten den Stoff um ihre Finger als fände sie am Ende des Bandes den Gedanken, den sie zu erhaschen suchte.

„Und?", fragte Christoph, weil er dachte, er würde ihr damit helfen, Worte zu finden. Sie nickte einmal. Dann noch einmal. Dann sah sie zu Boden und schüttelte den Kopf.

„Aber du hast es ihm doch gesagt, oder nicht?", fragte er weiter. Sie nickte.
„Du hast es genauso gesagt, wie du es mir gesagt hast?" Isabella nickte wieder.
„Und was hat er gesagt?" Sie lächelte. Als sie den Kopf hob, erlaubte sie sich endlich zu weinen.
„Nichts", sagte sie ganz leise.

„Du hast gesagt, du liebst ihn und es kam keine Antwort?" Sie schüttelte wieder den Kopf. „Ist okay", brachte sie dann heraus.
„Okay?", Christoph zog eine Augenbraue hoch. Sie zuckte die Schultern.
„Nicht weinen", sagte er dann.
„Ich dachte wirklich …", sie drückte die Schuhe näher an ihre Brust. Sie ließ die Tränen genauso leise kommen wie der Regen gekommen war.
„Nicht weinen", sagte er wieder.
„Doch", gab Isabella zurück, „doch. Heute schon."

Dann ließ sie die Schuhe fallen, lehnte sich gegen die Tür und weinte bitterlich. Er trat auf sie zu und nahm sie in die Arme. Ihr Körper war nass, kalt und angespannt und im Versuch, sie aufzuwärmen, strich er ihr über den Rücken. Irgendwann umfassten ihre Arme seine Taille und er strich ihr über den Kopf. Seine Hände fuhren über ihren Körper, berührten ihn, um ihn warmzuhalten und sie hielt sich an seinem fest, spürte seine sehnige Haut durch den dünnen Pullover und konnte doch nicht sagen, wo auf seiner Kleidung sie den nassen Abdruck ihres Körpers hinterließ. Ihre Tränen versiegten nahe seines rechten Schlüsselbeins. Ein dünnes Rinnsal schwarzer Mascara lief auf seine Schulter über und wurde von seinem grauen T-Shirt aufgesaugt. Mit der Stelle, wo ihr Ohrring auf dem Mantelkragen auflag, drückte sie gegen seine Haut, wo er sein Parfum aufgetragen hatte, das den ganzen Tag über dort erhalten geblieben war. Weil ihr Kleid am Kragenansatz aus Seide war, streifte es nur lose über die grobe Wolle seines Pullovers. Seine Wimpern waren ihrem Haar so nahe, dass er mehrmals blinzeln musste, um die roten Strähnen nicht in seinen Augen zu spüren. Ihre linke Schulter war seiner rechten so nahe, dass er beinahe die Spitzen ihrer Unterwäsche fühlen konnte. Sie schob seinen Pullover ein Stück weit hinauf, um ihren Bauch an seinem zu wärmen. Als die feuchte Seide auf seinen Nabel traf, begann sich eine Gänsehaut über seinen gesamten Körper zu breiten. Sein Herz machte einen so ungewohnten Satz, dass er kurz nach Luft schnappte.

„Was ist?“, flüsterte sie und ließ ihn los. Dabei wollte er genau das nicht. Er sah in ihre mandelbraunen Augen und wünschte sich, sie würde ihn für immer so festhalten. Bitte, sagte eine Stimme in seinem Kopf, weil er dort alles denken durfte, dass er nicht sagen sollte, bitte küsse mich genau jetzt, bitte lass den Moment nicht mehr vorübergehen, bitte sprich nie wieder über diesen Mann, der sich nicht für dich entscheiden konnte, bitte geh mit mir aus, bitte verliebe dich in mich. Sie lächelte. Für eine Sekunde glaubte er, sie lächelte, weil sie ja sagte. Aber sie führte ihn nur zum Sofa, um sich neben ihn zu legen.

„Lass mich heute Nacht nicht alleine“, flüsterte sie. In Filmen, in Büchern, in Fernsehserien war das der Moment, in dem sie ihn packte, ihn auszog, in dem endlich alles gut wurde, aber hier, im richtigen Leben, schlief sie neben ihm ein. Lange starrte er an die Decke, fühlte die Erregung in sich aufsteigen, dass ihr Körper so nahe an seinem war und wagte doch nicht, sie aufzuwecken und einfach zu gehen.

Im Theater.

„Was war der Preis für die Kunst?", fragte Michele sich nicht zum ersten Mal. Intuitiv berührte er den Unterarm seiner rechten Hand, auf dem der Geburtstag Egon Schieles tätowiert war. Daneben fand sich eine Tätowierung von *Amor und Psyche* von Antonio Canova. Die Frage hatte er sich oft gestellt, wenn er sich während des Studiums mit Künstlerbiografien beschäftigt hatte. Er hatte zu verstehen versucht, wo die Grenze zwischen Bewusstsein und Unterbewusstsein lag, denn er war sich sicher, wenn er die Grenze kannte, konnte er sie in seinem eigenen Inneren beherrschen.
Immer, wenn dann die Dunkelheit auf ihn zukam, in Form tiefer Traurigkeit oder einer Krankheit, die einen geliebten Menschen traf, könnte er die Linie überschreiten und wäre in Sicherheit. Aber seine Gedanken waren zu abstrakt; er drehte sich im Kreis, denn er vermischte Ursache und Wirkung, Gefühl und Fakten. Er konnte die Realität nicht mehr von seiner Wahrnehmung unterscheiden. Dadurch war er sich nie ganz sicher, ob die Situation genauso passierte, wie er sie wahrnahm. Es war, als würde er alles in anderen Farben sehen können.

Weil er hinter die Farben sehen wollte, um weiter in die Untiefen des menschlichen Bewusstseins vorzudringen, suchte er nach Kunstwerken, die durch ihre Farbe die Abgründe und Besonderheiten des Menschlichen zu transportieren verstanden. Dieser Weg war in einer bestimmten Zeit bereits angelegt: im Wien der Jahrhundertwende des 19. Jahrhunderts. Die Farben Klimts bereiteten ihm Kopfschmerzen; sie waren zu grell für seine angestrengten Sinne, denn er suchte nicht den Reiz, sondern die Ruhe. Er fand sie in der natürlichen Losgelöstheit in Schieles Zeichnungen und Skizzen. Die Farben waren anders; legten eine Perspektive auf das Objekt frei, das viele an seinen Zeichnungen unterschätzten. Die Figuren in ihren natürlichen Posen, in dem gefährlichen Blick auch, den Schiele auf sie riskierte, wiesen den Weg in die Verbindung zum Unterbewusstsein. Es faszinierte ihn, dass er einen verbotenen Blick riskieren durfte. Es faszinierte ihn, dass Schiele die Grenze zwischen Bewusstem und Unterbewusstem überschreiten konnte – jedes Mal, wenn ihm danach war. Für Michele war das Freiheit. Nach und nach identifizierte er sich mit diesem Künstler, wollte weiter gehen, mehr sehen und er war auch von seinem Tod fasziniert. Trotz vieler Warnungen legte er sich zu seiner Frau, die schwer krank war, ins Bett, infizierte sich und starb daraufhin. Er war ein Mann, dachte Michele, der sich mühelos über die verschiedenen Ebenen bewegen konnte. Jemand, der so etwas konnte, beherrschte sein Leben. Aber diese Perfektion hatte Michele noch nicht erreicht. Und als er mit Emma Theater gespielt hatte, hatte er sogar wieder einen Teil dieser Strukturiertheit zurücklassen müssen, denn er musste sich auf sein Gefühl verlassen. Für das, was kam, das, was zu fühlen war, gab es keinen Plan.

Als Emma und er gemeinsam Theater gespielt hatten, hatten sie sich auch auf eine Kussszene vorbereiten müssen. Dan war geduldig daneben gesessen, als er sie mit dem Rücken zueinander niedersetzen ließ und ihnen einschärfte, auf den Atem des anderen zu hören.
„Wer auf das Herz des anderen hören kann, küsst ihn schon lange bevor sich die Lippen berühren“, schärfte er ihnen ein. Er fühlte ihren Rücken an seinem, fühlte ihre Rippen, die sich gleichmäßig auf- und abbewegten. Irgendwann lehnten sie die Köpfe an des anderen Schulter.
„Wie würde sie küssen?“, fragte Dan Emma.
„Fordernd“, antwortete sie, „weil das ihr Moment ist. Sie würde ihn nicht gehen lassen, denn er gehört ihr. Es wäre ein Spiel um Macht wie alles, was sie tut. Aber ein bisschen wäre sie ihm auch verfallen, denn sie will die Liebe in ihrem Leben. Ja, sie hat sich diese harte Haut als Schauspielerin zugelegt, aber eigentlich will sie in den Armen eines Mannes dahinschmelzen wie Vanilleeis bei einem Sommerspaziergang.“
„Welche Sorte würde sie wählen?“
„Kirsche und dunkle Schokolade.“
„Wann hatte sie ihr erstes Mal?“

„Früh. Vielleicht zu früh."
Es war nicht seltsam über diese Dinge zu sprechen, denn Dan sagte immer, dass sie alles von ihrer Figur wissen mussten. Sie mussten sich sicher in dem Charakter bewegen können und daher war es wichtig zu wissen, wann er morgens aufstand. Sie mussten wissen, ob er ein Morgenmensch war oder eine Nachteule. Sie mussten wissen, was ihr Charakter gerne aß und trank. Erst dann konnten sie fühlen, was er fühlen sollte.
„Sie hat die Haare in der Öffentlichkeit seit Jahren nicht offen getragen", fügte Emma noch hinzu, „und sie liebt Champagner."
„Glaubt sie an Gott?"
„Nein", sagte sie sicher.
„Was, wenn sie lieben würde?", fragte er weiter.
„Dann würde sie ihn einsperren wollen, damit er für immer ihr gehört."

„Und er?", fragte Dan und wandte sich an Michele, „wie würde er küssen?"
„Sanft, weil er denkt, dass das von ihm als Dichter erwartet würde."
„Und wenn sie ihn fordernd küsst?"
„Dann spielt er das Spiel mit. Er kann sich ihr nicht einfach so ergeben."
„Was trinkt er am liebsten?"
„Helles Bier aus Belgien. Das Dunkle verträgt er nicht gut. Aber er würde niemals ein heimisches wählen, weil das zu wenig exklusiv klingen würde."
„Welches Geheimnis hat er nie verraten?"
„Dass er sich wünschte, sein Vater würde noch leben und zu jeder Aufführung kommen." „Glaubt er an Gott?"
„Nein. Er glaubt aber an das Schicksal."

„Dreht euch um", sagte der Regisseur nun und machte eine Handbewegung, als würde er die Hand um einen großen Ball legen.
„Seht einander in die Augen und erhebt euch auf die Knie."

Sie berührten die Unterarme des anderen. Dann schlossen sie die Augen und Dan wies sie an, leichten Druck auszuüben, um zu spüren, wer nachgeben sollte. Michele fühlte die feinen Härchen auf Emmas Unterarm.
„Was wäre, wenn sie ein Liebespaar wären?", flüsterte Dan neben ihnen, weil die Stimmung so gespannt war, weil eine solche Stille herrschte, dass ein zu lautes Wort alle Magie hätte vertreiben können. Er hieß sie, die Augen zu öffnen. Sie blickten einander an.
„Ein Kuss", Dan hob einen Finger, „ein Kuss, der alles ‚was wäre, wenn …' beinhaltet. Und wenn wir dann spielen, macht ihr das Gegenteil."

Als ihre Lippen sich fanden, war es, als würde er seine Schwester küssen. Es war so seltsam, wenn er bedachte, dass es sich um seine beste Freundin handelte. Aber dann verdrängte er den Gedanken daran, dass es Emma war. Er fragte sich, wie der Dichter jemanden küssen würde, für den er wirklich etwas empfand. Wie, fragte er sich plötzlich, weil er mit Emma oft darüber diskutiert hatte, hatte Rainer Maria Rilke wohl Lou geküsst? Er legte alle Schüchternheit hinein, alle Wehmut, alle Wünsche, wie es sich hätte anfühlen sollen und allen Genuss, weil es endlich soweit war.

Sie lösten sich voneinander. Dan lächelte sein schelmisches Lächeln, das er immer lächelte, wenn ein Experiment funktioniert hatte: „Los geht's; wir fangen an!"

Als sie in der Straßenbahn nach Hause fuhren, konnte Emma nicht aufhören zu reden, wie verrückt es war, wie sehr sie sich außer sich gefühlt hatte. Sie öffnete zu Hause eine Weinflasche und wollte ihm ein Glas anbieten.
„Nein, danke, ich muss morgen früh raus", antwortete er.
„Warum nicht?", fragte sie enttäuscht.
„Das nächste Mal sehr gerne", lächelte er und wünschte ihr eine gute Nacht. Die Wahrheit, weshalb er nicht geblieben war, war, dass

er wusste, Emma würde diesen ganzen Abend zu etwas Besonderem machen wollen. Sie würde von Magie sprechen, von Momenten, die für immer bleiben sollten. Aber das konnte er in ihrer Geschichte nicht sein.

Er wusste, wie sie dachte. Es war nicht nur so, dass Emma Geschichten erzählte; sie liebte es auch, die Grenzen verschwimmen zu lassen. Manchmal wussten die Menschen, dass sie über sie erzählte und manchmal wurde sie selbst für jemand anderen zu einer Geschichte. Obwohl sie auch über Frauen schrieb, die ihr nahestanden, sprach sie dennoch viel öfter von den Momenten, in denen sie für Männer zu einer Geschichte geworden war. Er glaubte, es kam daher, dass Emma das intensive Gefühl, das sich ihrer beim Schreiben bemächtigte, oft mit Liebe verwechselte. Sie spiegelte die Leidenschaft für den perfekten Moment, für einen Affekt auch, in die Liebe zu einem Mann. Die Männer, die sie inspirierten, waren auch immer leidenschaftlich. Zu kühlen, sachlichen Charakteren fühlte sie sich selten hingezogen und wenn dachte sie, dass sie ihnen einen Teil der Leidenschaft mitgeben, vielleicht sogar aufzwingen musste. Einen davon traf sie in einer Lebensphase, in der sich für sie vieles verändert hatte. Irgendwann, als er dabei zusah, wie eine leichte Gänsehaut über ihren Körper lief und ihr Haar in dunklen Locken über den Polster gebreitet war, las sie ihm vor, wie sie ihn in der Kurzgeschichte beschrieben hatte. „Woher weißt du das alles über mich?", fragte er. Es faszinierte ihn, dass sie die Zwischentöne gehört hatte und die weißen Flecken in der Landkarte seines Lebens instinktiv richtig füllte, obwohl er ihr nicht alles erzählt hatte. Als Emma Michele diese Geschichte erzählt hatte, hatten ihre Augen geleuchtet. „Verstehst du, ich habe diese Geschichte über ihn geschrieben und ein Ende gefunden, in dem wir beide vorkamen. Ich habe das Ende schon vorausgesehen." Sie schüttelte ungläubig den Kopf und liebte den Gedanken, dass in Geschichten Vergangenheit, Gegenwart und Zukunft verschmelzen konnten. Er schwieg und dachte bei sich, dass ihm dieser Gedanke sogar etwas Angst machte.

Michele hörte, wie sie sich alleine auf das Sofa setzte. „Es ist nicht unsere Geschichte", versicherte er der geschlossenen Türe vor sich. Dann stieg er ins Bett und lag noch lange wach.

Was nun aber war der Preis für die Kunst? Bedeutete es immer, mehr fühlen zu müssen als alle anderen? War der Preis die Übersensibilisierung, wenn jedes Gefühl hundertfach vergrößert vor einem lag? Er dachte an Emma. Hoffentlich fand sie zurück.

5. Kapitel

In der Bar *Taormina*.

„Wo ist Isabella?“, fragte Julia Christoph.
„Sie fühlt sich nicht so wohl. Schon seit einigen Tagen. Liegt wohl an dem Kerl, der sie nicht haben wollte.“
Michele nahm eine Handvoll Chips.
„Die Arme.“
„Er ist ein Volltrottel“, Christoph nahm die Drinks entgegen.
Michele grinste: „Frauen stehen auf Bad Boys.“
„Nicht alle“, gab Julia zurück, „manche werden auch erwachsen.“
„Ich verstehe das alles sowieso nicht“, sagte Christoph zerknirscht, „das ist alles so mühsam. Wann haben Menschen verlernt, einander zu sagen, dass sie sich gern haben? In der Natur ist das alles nicht so kompliziert.“
„Nein“, sagte Julia mit ernster Miene, „da wird gevögelt und Schluss.“

Michele lachte und trank einen Schluck, wobei er sich von Francesco einen bösen Blick einhandelte, weil er den Cocktail begonnen hatte ohne anzustoßen.
„Es gibt keine Liebesgeschichten mehr“, fuhr Christoph fort, „ich meine, so etwas, das einen wirklich daran glauben lässt, dass es so etwas wie die wahre Liebe gibt.“
„Die wahre Liebe ist eine Frage der Definition“, sagte Michele.
„Nein. Ich spreche davon, dass man jemanden gern hat. Mit ihm Zeit verbringen will und mit ihm lachen kann. Dass Menschen nicht unmögliche Dinge ineinander hineinprojizieren, die alles nur viel schlimmer machen und jeden verunsichert zurücklassen. So etwas. Ganz gewöhnlich.“
„Emma würde dich für diesen Begriff schelten“, gab Michele zu bedenken.
„Emma ist alleine“, sagte Christoph trocken. Francesco nickte unmerklich.
„Was willst du damit sagen?“, fragte Julia.

„Emma ist in ihrem romantischen Traum des nächstintensiven Gefühls verhaftet. Ja, das ist großartig. Manchmal. Bis man für immer alleine in diesem Traum bleibt."
„Es ist schrecklich, so etwas zu sagen", meinte Julia.
„Ach ja? Ich weiß, ihr bewundert sie alle für das, was sie tut. Und ich mag sie auch sehr. Aber nicht jeder ist für diese Art von Gefühlen geschaffen. Manchmal soll alles ganz einfach sein."
Michele aß Erdnüsse und blieb stumm.
„Ich gebe dir Recht", sagte Francesco.
Julia wandte sich zu ihm um: „Willst du damit sagen, dass Emma nie die Liebe finden kann?"
Die beiden sahen einander an.
„Ich habe dich noch nie so reden gehört", sagte Julia dann.
Christoph sah sie so direkt an wie er es niemals zuvor getan hatte: „Ich habe mir auch noch nie so sehr gewünscht, ich könnte Isabella einfach sagen, dass ich mich in sie verliebt habe wie heute."
Er leerte seinen Cocktail in einem Zug.
„Montag ist Biologieprüfung. Die Zeit läuft. Gute Nacht euch allen", er lächelte schwach, dann verließ er die Bar.

„Es ist nicht nett, was er über Emma gesagt hat. Aber wahrscheinlich spricht da nur seine Enttäuschung aus ihm", sagte Julia, als er gegangen war.
Francesco lehnte sich an die Bar.
„Ich verstehe ihn", gab er zu, „in gewisser Weise hat er Recht;
„Emma sucht nicht nach einem realen Lebenskonzept. Was sie da tut, ist zu fliehen. Es ist fern jeder Realität, bar jeden echten Gefühls. Das Leben besteht nicht aus Extremen, auch die Liebe nicht. Viel wichtiger als Extreme zu jagen, ist es doch, die Schönheit in den kleinen Momenten sehen zu können. Es müssen nicht immer reißende Gebirgsbäche eines Gefühls sein oder ein leichtes Gefühl, das sie ins Unendliche vervielfältigt wahrnimmt. Wenn ein Gefühl ganz sanft ist, soll es manchmal auch genauso sanft wahrgenommen werden. Nicht

jeder Augenblick muss groß und außergewöhnlich und übermächtig sein. Manchmal ist das Leben sehr gewöhnlich."

„Du liebst es doch, wenn Emma Geschichten erzählt", gab Julia zurück.
„Ja, sehr. Und ich wünschte, sie würde es für immer tun. Aber wenn sie es eines Tages gegen ein „gewöhnliches Gefühl" eintauscht, werde ich sie dafür nicht verurteilen."
„Kann man beides in seinem Leben haben?", fragte Michele in den Raum.
Sie schwiegen.
„Wenn es jemand kann, kann es Emma", Julias Augen füllten sich mit Tränen, obwohl sie nicht wusste, warum.
Francesco legte ihr die Hand auf den Arm: „Sprechen wir über etwas anderes."
„Ja", gab Julia zurück, „und morgen werde ich zu Christoph gehen und ihm eine Geschichte über wahre Liebe erzählen. Ich werde ihm davon erzählen, wie ein junger Mann all seinen Mut zusammengenommen und die Frau seines Lebens unten am Flusslauf geküsst hat. Ich werde ihm erzählen, wie aufgeregt sie beide waren, als sie das erste Mal miteinander ein Eis essen waren. Und ich werde ihm davon erzählen, dass diese Geschichte bis heute andauert, wenn sie miteinander lachen."
„Ist sie wahr?", fragte Michele.
„Es ist die Geschichte meiner Großeltern", antwortete sie und ehe sie wieder zu weinen beginnen konnte, hatte Francesco sie gepackt und auf die Tanzfläche geführt.

Die Ewigen.

Der Staub hatte eine zentimeterdicke Schicht auf dem Apparat hinterlassen. Mit beiden Händen hob sie ihn vorsichtig aus dem Regal. Wie die Zeit vergeht, schoss es ihr durch den Kopf. Sorgfältig tupfte sie den Staub von der dunklen Winde. In einer anderen Zeit war Filmvorführer ein sehr anerkannter Beruf gewesen. Sie schmunzelte bei dem Gedanken wie wenig sie verstand, wenn ihre Enkel zu erklären versuchten, wie ein Film heutzutage abgespielt werden konnte. Digital, an dieses Wort konnte sie sich noch erinnern. Kinotickets waren heute so teuer, dass sie sich manchmal fragte, wie sich ihre Enkelkinder dieses Vergnügen leisten konnten. Damals hatten sie einen Bruchteil gekostet, aber sie hatten auch weniger Geld gehabt. Wie dem auch sei. Sie warf einen Blick auf ihren Mann, der am anderen Ende der Werkstatt penibel seine Schrauben sortierte. Nur einmal waren sie miteinander im Kino gewesen. Sie war damals fünfzehn gewesen und heute konnte sie nicht mehr sagen, ob sie damals schon ein Paar waren. Es war nun sechzig Jahre her.

Um sein erstes Gehalt lud er sie ins Kino ein und da er wusste, wie gern sie Pralinen mochte, kaufte er ein kleines Säckchen davon – es musste ein Vermögen gekostet haben. Den ganzen Film über hielt er ihr das Säckchen hin, damit sie sich eine Süßigkeit daraus nehmen konnte, doch sie war so schüchtern gewesen, dass sie sich nicht getraut hatte. So ließ sie die Schokolade in seiner Hand zerrinnen, hatte ein schlechtes Gewissen, dass er ihretwegen so viel Geld ausgegeben hatte und ein ebenso schlechtes Gewissen, dass sie die Süßigkeiten, die sie so liebte, einfach schmelzen ließ. Hätte sie sich doch nur getraut, dachte sie heute. Wie gebannt hatte sie auf die Leinwand gestarrt und wollte sich in der Welt verlieren, aber die Tatsache, dass dieser junge Mann neben ihr saß, der vier Jahre älter war als sie, verursachte ein solches Herzklopfen, dass sie zwischen den beiden Welten hin- und hergerissen war.

Am Tag nach ihrer Hochzeit erwachten sie das erste Mal nebeneinander. Er schenkte ihr einen Anhänger für ihr Goldkettchen, sie ihm einen Ring. Beide Schmuckstücke trugen den gleichen Stein, obwohl keiner von beiden wusste, was der andere ihm schenken würde. Als ihre Enkelin sie fragte: „Wie hast du das gewusst?", antwortete sie: „Ich habe es nicht gewusst." „Oma, was ist euer Geheimnis?" Sie schmunzelte und dachte an ihren Mann, wenn er an den Sommernachmittagen den Kindern in der Werkstatt beim Spielen zugesehen hatte. Im Hintergrund hatte er ein Holzstück zugeschnitten und gefeilt, aber seine Ohren waren immer bei den Geschichten der Enkelkinder, weil er gerne Teil ihres Spiels sein wollte. Manchmal erkannte er Figuren wieder, mit denen sie spielten; manchmal ging es um etwas ganz anderes, aber die drei schienen genau zu wissen, wo in der Geschichte sie sich befanden. „Jedes Paar", sagte er dann immer zu ihr, „hat sein Geheimnis. Jedes Liebespaar, jedes Geschwisterpaar." Und wenn er das sagte, meinte er nichts Großes, das man nicht weitersagen durfte, weil es schädlich sein könnte, sondern die kleinen Dinge, die man nicht weitersagen sollte, um die Verbindung zwischen Menschen einzigartig erhalten zu können. So war ihr Geheimnis miteinander, das sie in dem kleinen Zimmer im Dachboden geteilt hatten, als die Wäscheleine über ihr Ehebett gespannt war und sie erst dabei waren, sich ein Leben aufzubauen. Es war ihr Geheimnis, wie sie sich bei der Hand hielten, als ihr ältester Sohn ihnen sagte, dass er sich scheiden lassen würde. Es war ihr Geheimnis, als sie darauf warteten, dass ihre Enkeltochter ihre Operation überlebt hatte, und sie in der gesamten Küche das Geschirr umräumte, während er die fünf Stunden am Küchentisch saß und stumm auf seine gefalteten Hände starrte.

Während sie versuchte, einen Plan für alles zu machen, damit jedem in der Familie die gleiche Aufmerksamkeit zukommen konnte, legte er ihr oft die Hand auf den Arm und erinnerte sie daran, dass man nicht alles planen konnte. Dass Dinge kamen, wie sie kamen. Als sie ihr Haus am Land bauten, war ihre Schwiegermutter bereits schwer krank. Nachdem sie die Senkgrube ausgehoben hatten, brach ein Unwetter herein und schwappte die Erde zurück in die Grube. Sie sah ihre Schwiegermutter heute noch vor sich, wie diese, einen vom Krebs aufgeblähten Bauch vor sich hertragend, weinend im Regen neben der Grube stand und das Tagwerk als verloren betrachten musste. Sie lief zu ihr hin, um sie zu überreden, mit ins Haus zu kommen. Es ist sinnlos, sagte sie ihr, wir heben die Grube morgen wieder aus. In dieser verzweifelten Frau, die so gerne helfen wollte, sah sie nicht mehr die Frau, die sie ihr gesamtes bisheriges Eheleben lang gequält und für nicht gut genug befunden hatte. Die einen Keil zwischen ihren Mann und sie hatte treiben wollten. Die ihren Mann so oft verzweifelt von einem Besuch hatte heimkommen lassen. Sie sah nur mehr eine hilflose kranke Frau, die in den letzten Monaten ihres Lebens vieles wieder gut machen wollte. Sie sah die Frau, die sich entstellen musste, damit die Russen sie nach dem Krieg nicht vergewaltigten und erkannte, dass ihr Mann und seine Mutter durch die Furcht vor manchen Tagesanbrüchen für immer aneinander gekettet waren. Diese Gedanken waren in einem Bruchteil einer Sekunde auf sie eingeströmt, dann warf sie ihrer zitternden Schwiegermutter ihren Mantel über Kopf und Schultern. „Es ist niemandes Schuld“, versicherte sie ihr, „wir warten bis morgen.“ Und dann: „Man kann nicht alles planen.“

Sie stellte den Filmprojektor an seinen Platz zurück. „Wie heißt der Sänger, der auch in „Die oberen Zehntausend“ mitspielte?“, fragte sie ihren Mann. „Frank Sinatra“, murmelte er, obwohl er meist vorgab, für solche Fragen genau die falsche Ansprechperson zu sein. Lieber beschäftigte er sich mit komplizierten Formeln oder bastelte an einer Sonnenuhr für den Gemüsegarten. Tatsächlich hatte er nach vielen Skizzen und unzähligen Seiten Lektüre eine solche Uhr gemacht. Sie bewunderte ihn für seinen Einfallsreichtum und dafür, wie genau er hinhören konnte. Ihre Enkeltochter hatte einmal die Geschichte erzählt, wie sie das Gewitter lieben gelernt hatte. Da sie sich unter dem großen Polster versteckt hatte, nahm ihr Mann sie bei der Hand und führte die Kleine vor die Türe, wo sie die mächtigen Wolken sehen konnten. „Es ist nur heiße Luft, die sich plötzlich ausdehnt", sagte er und dann zeigte er ihr ein riesiges Streitross, das in die Wolken geschnitzt schien. Ihre kleine Hand hielt sich fest an seiner, aber ihre Augen wurden größer. Später sagte sie, an diesem Tag hätte sie gelernt, dass sie vor nichts Angst haben musste, das auch eine schöne Seite hatte.

Sie trat zu ihm und legte die Hand auf seine, fast so wie vor sechzig Jahren in dem kleinen Kino. Er war ihr Fels in der Brandung, schon ihr ganzes Leben lang und sie hatte dafür einen Teil ihrer Kämpfernatur in sein Leben gebracht. „Was hältst du davon, wenn wir die Flasche Limoncello öffnen, die die Kinder uns aus Italien mitgebracht haben?", fragte sie. Er lächelte, in Gedanken bei der schmalen Steintreppe, die zum Presshaus führte: „Wer zuerst unten ist." In seinen Augen glänzte es genauso wie an dem heißen Augustnachmittag, als sie einen Wettlauf zum Bach gemacht hatten. Dort hatte er sie zum ersten Mal geküsst. Sie küsste ihn, dann griff sie instinktiv an den Anhänger ihrer Halskette. „Abgemacht", sagte sie dann.

Macondo.

Viele Jahre später sollte der Oberst Aureliano Buendía sich vor dem Erschießungskommando an jenen fernen Nachmittag erinnern, an dem sein Vater ihn mitnahm, um das Eis kennenzulernen.

- *Gabriel Garcia Marquez*

Bevor ich den Regen sehen konnte, roch ich ihn. Als er mich erreichte, als er den Stoff meines hellen Sommerkleides tränkte, durchfuhr mich ein wohliger Schauer, der meinen Körper mit Gänsehaut überzog. Das Wasser schwemmte die Erde auf, entlockte ihr ihren charakteristischen Holzgeruch, vermengt mit dem Duft von Lehm. Wie in Trance schob ich meine Zehen in den Erdboden; ließ die sandige Konsistenz zwischen ihnen hervortreten. Meine Haare wurden schwer, hingen in Strähnen auf die Schultern hinab. Als ich ein Stück gegangen war, erreichte ich den Eingang zu einem Dorf. Die Blätter der Bananenbäume verdeckten die Ortstafel fast vollständig. Ich hob das Grün von der darunterliegenden Fläche ab und las „Macondo". Sofort wusste ich, auf wen ich hier treffen würde. Als mir das bewusst wurde, flüsterte ich: „*Solitudine*".

Meine Schritte beschleunigten sich, suchend streiften meine Augen über die Häuser. Da waren Menschen, die ich durch den Regenschleier erkennen konnte, aber als ich jemandes Arm berühren wollte, blieb nur ein Gefühl der Leere zurück. Die Farben des anderen Körpers wurden vom Regen weggeschwemmt und lösten sich im Halbdunkel auf. Das mächtige Haus, auf das ich zusteuerte, passte nicht in die dörfliche Umgebung. Das Weiß der Fassade funkelte dem Betrachter nicht entgegen, sondern hatte sich in ein ausgewaschenes, blasses Grau gewandelt. Ich schob die Eingangstüre auf, die von zwei steinernen Löwen gesäumt wurde. Für einen Moment, als ich mich umwandte, blickte ich einen Berg hinunter, sah einen Reisenden, dessen größte Reise noch bevorstand und einen mächtigen Palast, in dessen Gedärmen sich das Schicksal einer sehr alten Welt entschieden hatte.

Langsam schob ich die schwere Eingangstüre auf, drückte gegen das massive Holz und fühlte die Kerben der Jahrhunderte unter meinen Fingern. Ich stand am Beginn einer Steintreppe mit goldenem Handlauf, der nicht mehr glänzte, sondern mein Gesicht matt und ungespiegelt ließ. Von der Decke hingen Spinnweben, die um die Wette funkelten, wenn sich ein neuer Stern am Himmel zeigte. Immer, wenn die Regenwolken ein Stück weiterzogen, fiel ein wenig bläuliches Licht auf das fragile Gewebe, das es ihm mit einem leichten Schaudern dankte. Ich konnte die Bilder an den Wänden nur erahnen, als ich in einen großen Ballsaal schritt. Meine Augen versuchten, einen Punkt in der Dunkelheit zu fixieren, aber dann schloss ich die Augen und hörte nur hin. Um mich herum flüsterten hunderte Stimmen. Sie erzählten ihre Lebensgeschichten; jede in einem anderen Tonfall, alle durcheinander und doch erhaschte ich manchmal Wortfetzen, die sich glichen. Mein Körper zitterte, als die Schallwellen ihn erreichten. Jedes neue Wort klang in meinen Gedanken tausende Male wieder. Wie Seifenblasen stiegen sie in mir auf und zerplatzten ebenso schnell wie sie entstanden waren. Ich flog mit den Stimmen mit auf eine Exkursion auf den Ätna, in dessen Innerem die Lava bedrohlich kochte; stand mit einem Paar auf einem Balkon in der Innenstadt Istanbuls, als sie beschlossen, dass es keinen gemeinsamen Weg mehr für sie gab. Die Weichheit ihrer Stimme entsprach dem gleichmäßigen Tropfen ihrer Tränen auf dem warmen Sandsteingeländer. Ich wandte den Kopf nach einem tiefen Basston, der mich an jemanden erinnerte. Ihm folgte ich in einen kalten, beinahe leeren Büroraum, dessen Fensterfront die Skyline von New York offenbarte und doch keine Freiheit bot. Mit einer brüchigen, alten Stimme ging ich ins Krankenhaus, in die sterile, zerbrechliche Umgebung der Hoffnung und der Angst, um das erste Enkelkind willkommen zu heißen.

Ich hielt den Stimmen die Hände entgegen, bat sie mit aller Kraft, mich mitzunehmen und fühlte, wie ich vom Erdboden abhob. Als ich die Augen öffnete, schwebte ich einem Balkon entgegen. Meine Füße streiften die Terracottaziegel. Vor mir öffnete sich ein schwerer, roter

Samtvorhang und dahinter fand ich ihn, auf einem Holzthron sitzend, umringt von hunderten Papageien, die auf jedem Flügel ein Auge trugen wie Nachtfalter. Als ich ihn erreichte, als die tausend Augen auf verschiedenfarbigem Gefieder auf mich gerichtet waren, begann ich zu sprechen: „Ich habe dein Buch noch immer nicht fertiggelesen."
„Einen wunderschönen guten Tag", entgegnete er und schmunzelte, „bist du deshalb gekommen? Um das Ende zu erfahren?"
„Nein", gab ich zurück.
„Das dachte ich mir. Was also ist es, das dich zu mir geführt hat?"
„Wir haben aufgehört zu erzählen wie du es getan hast."
Er runzelte die Stirn.

„Wir haben aufgehört, Geschichten über Leidenschaft und Wunder zu erzählen. Die Bücher, die man heute liest, sind voller blasser Gespenster, voller nichtiger, zynischer Geister, deren Tatkraft sich erschöpft hat im Kampf gegen die Angst vor den eigenen Gefühlen. Wenn wir heute einen magischen Augenblick beschreiben, ist es Kitsch. Oder wir werden an *memento mori* erinnert und daran, dass nichts bleibt. Es ist wahr: Kein Augenblick kann für immer sein. Aber weshalb ihn dann nicht aufschreiben, ihn konservieren, ihn weitertragen, um niemals zu vergessen, dass es ihn gegeben hat?", ich näherte mich ihm hilflos.

„Ihr habt die Bedeutung der Geheimnisse vergessen", antwortete er, „denn mit den Geheimnissen kommt die Magie in die Welt. Die helle Magie leuchtender, außergewöhnlicher Kostbarkeiten und die schwarze Magie, die uns die Realität vergessen lässt, weil sie im Aberglauben und in geistiger Kontrolle wurzelt."
„Wir wollten die schwarze Magie zerstören – und jetzt sind uns gar keine Geheimnisse geblieben", sagte ich.
„Jedes Paar hat sein Geheimnis", sagte er nur, „jedes Liebespaar, jedes Geschwisterpaar. Es sind die Momente, die nur sie miteinander geteilt haben und die ihnen für immer bleiben werden. Ein solches

Erlebnis wird dir immer bleiben – und dich für immer an den Menschen knüpfen, mit dem du es erlebt hast."
„Wir denken, so etwas extistiert nur, wenn wir möglichst vielen Menschen davon erzählen. Aber es ist umgekehrt, nicht wahr?"
„Ja. So ist es", seine Augen strahlten mir entgegen, „bewahre dir diese Ereignisse tief in deiner Seele. Und jetzt – denkst du gerade an ein solches Geheimnis?"
Ich schmunzelte: „Mir wird gerade bewusst, dass mein Leben voller solcher Geheimnisse ist."
„Dann hast du alles, was du brauchst."
„Aber wenn ich sie nicht weitersagen darf?", fragte ich.
„Das", er breitete die Arme aus, „ist das Privileg der Schriftsteller."

Als alle Vögel sich erhoben, aufflatterten, gen Himmel strebten, merkte ich, dass das Haus kein Dach hatte. Dem Platzregen war Sonnenschein gewichen, der durch das Blätterdach hindurch über den Boden strich. Er blickte nach oben: „Macondo überrascht mich immer wieder. Nach so vielen Jahren."
„Ich muss weiter", sagte ich und griff nach dem Fuß eines roten Papageien, „ich danke dir."

Zum Abschied hob der alte Mann die Hand, als ich immer höher stieg, als meine Kleidung trocknete, als das unendliche Blau des Himmels immer näher rückte.

6. Kapitel

Im Untersuchungsraum.

„Ich möchte, dass du dich jetzt konzentrierst“, die Untersuchungsleiterin rückte die Brille zurecht, „es ist sehr wichtig, dass du unvoreingenommen in diesen Test gehst.“
„Ja, ich habe es kapiert“, gab Christoph trotzig zurück und verschränkte die Arme.
„Sieh dir bitte die Linien vor dir an. Sind sie gleich lang?“
„Nein.“
„Aber 90 Prozent der Teilnehmer haben gesagt, sie sind gleich lang. Bist du dir sicher?“
„Ja, natürlich bin ich mir sicher.“
„90 Prozent …“, begann die Untersuchungsleiterin,
„sind blind“, beendete Christoph den Satz.
„Aber 90 Prozent der anderen Teil …“
„Ich habe es gerafft. Echt. Sie sind nicht gleich lang, Sie Vogelscheuche“, blaffte er sie an.
Sie lehnte sich zurück: „Mich zu beleidigen wird dir nicht helfen.“
„Nein. Das alles hier hilft mir nicht. Wissen Sie was? Ich habe für so etwas keinen Nerv. Ich gehe.“
„Darf ich dich daran erinnern, dass du versprochen hast, bei dieser Studie mitzumachen?“, presste sie säuerlich hervor.
„Ich schenke Ihnen meine 20 Euro. Das ist ein myrmecochorisches Experiment!!“
„Ein was?“
„Auf Wiedersehen“, er verließ das Zimmer.

„Du hast wirklich „myrmecochorisches Experiment gesagt?“, fragte Isabella.
„Ja, was Besseres ist mir nicht eingefallen“, erwiderte Christoph schulterzuckend.
Sie lachte: „Was ist das?“
„Das ist eine Unterform der Zoochorie. Bei diesem Ausbreitungsmechanismus bedienen sich Pflanzen, vor allem Frühlingsblüher, Amei-

sen zur Verbreitung ihrer Diasporen“, erklärte er, während er in seinen Hot Dog biss.

Sie saßen in einem kleinen Studentenlokal, das erst kürzlich eröffnet hatte und den klingenden Namen *Hottest Dog* trug. Unschwer zu erraten, was es dort zu essen gab. Schlimmer machten es eigentlich nur die Untertitel *Want it hot?* und *Want it doggy style?*. Wie auch immer; es war billig.

„Aber was bedeutet das?“, fragte sie weiter.
„Es bedeutet doch nur, dass sie sich kleiner Studentenameisen bedienen, die Geld brauchen, um ihre Ideen fortzupflanzen – zum Beispiel, dass diese bescheuerten Linien gleich lang wären. So ein Unsinn“, er setzte die Dose Cola an und trank sie zur Hälfte leer.
„Du scheinst nicht der richtige Kandidat für ein psychologisches Experiment zu sein.“
„Eher nicht. Und du?“, fragte Christoph dann, „wie war dein Tag?“
„Ich habe meine Arbeit eingereicht“, sagte sie.
„Bei dem Alten?“
„Nein, bei dem mit der Justin Bieber-Frisur.“
„Ach so.“

„Kommst du mit auf die Party heute Abend?“, fragte sie dann und öffnete ihr Sprite.
„Hm, ich weiß noch nicht“, noch immer war er sich nicht sicher, ob etwas zwischen ihnen passiert war, obwohl an diesem Abend gar nichts zwischen ihnen passiert war. Trotzdem – er und sie und Alkohol auf einer Party … Er war sich nicht sicher, ob diese Geschichte gut enden konnte.
„Was denkst du eigentlich, wo Emma ist?“, fragte er, um auf ein anderes Thema zu kommen. „Keine Ahnung. Aber ganz ehrlich?“, sie legte ihren Hot Dog ab, dessen Papierhülle sie bis zu der Sprechblase „heiß und fettig“ abgerissen hatte, „ich finde, es ist ein bisschen viel Lärm um nichts.“

„Wie meinst du das?"
„Jeder macht so ein Drama drum. Besonders Julia. Aber hey, sie schreibt ein Buch. Wie Tausende vor ihr und Tausende nach ihr. Na und? Und dafür muss man auch nicht gleich abhauen, um sich vorm Kloputzen zu drücken. Sie kann sich doch einfach nach der Vorlesung noch drei Stunden hinsetzen und schreiben."
„Naja", er packte seinen zweiten Hot Dog aus, der mit Chili gewürzt war, „sie hat mir irgendwann versucht zu erklären, wie es funktioniert. Kapiert habe ich es zwar nicht, aber es hat wichtig geklungen, dass man zum richtigen Zeitpunkt am richtigen Ort ist."
„Niemand ist zum richtigen Zeitpunkt am richtigen Ort", sie biss in ihren Hot Dog.
Nein, dachte er bei sich, nein, das ist wohl wahr.

Christoph ließ sich breitschlagen, zur Studentenparty mitzukommen. Isabella stürzte sich in ihrer engen Jeans und ihrem goldenen Paillettenshirt in die Partymeute, während er am Tisch mit den Wodkaflaschen und Plastikbechern zurückblieb. Was soll's, dort war Christoph seit seiner Schulzeit geparkt. Er genoss die Nähe der noch warmen Tortillachips und der unendlichen Möglichkeiten, jedem besoffenen, halbkomatösen Typen was auch immer in den Wodka zu mischen. Ganz abgesehen natürlich vom unerschöpflichen Fundus an skurrilen Monologen der Partygäste wie:
„Glaubst du vielleicht, wir können wieder ein Paar sein, wenn du dich nicht als Paar verhältst? Also als Einzelner? Also als wärst du als Einzelner nicht in einem Paar, das nicht einzeln sein soll, sondern eben ein Paar? Glaubst du vielleicht, du verletzt meine Gefühle nicht damit, kein Paar sein zu wollen? Also mit mir? Du kannst doch nicht glauben, dass ich das einfach so mitmache? Ich fühle mich nicht von dir wertgeschätzt. So als Paar."
Christoph wandte sich von dem Schauspiel der ersten Begrüßung, die neben ihm stattfand ab und tat einen Schritt in Richtung Fenster:
Dabei er: „Hallo."
Und sie: „Hiiiiii."

Und er: „Hey, du bist also auch auf der Party!"
Und sie: „Jaaaa, genauuuu!"

Dabei konnte er direkt ins Wohnzimmer blicken. Dort tanzte das Partyvolk begeistert und er konnte Isabella sehen, wie sie gerade von zwei Kerlen auf den Tisch gehoben wurde. Alberne Myxomyceten, wirklich. Kaum stand sie auf dem dunklen Holz, begann Isabella, die Hüften kreisen zu lassen. Er schloss die Augen. Sie ist deine Mitbewohnerin, sagte er sich, lass es einfach. Schnapp dir eine andere. Irgendeine. Er öffnete die Augen wieder. Ihr schöner Körper tanzte nicht einfach nur. Jeder Beat aus den Boxen pulsierte durch ihre Adern. Ihre Brüste wippten im Takt; ihr runder Hintern zog wilde Kreise durch die Zigarettenluft.

Emma hatte ihm einmal gesagt, dass in jeder Situation ein Zauber lag. Ja, Emma, dachte Christoph bei sich, wo auch immer du jetzt bist, genau das ist es, verdammte Scheiße. Ein Zauber. Ein Wahnsinnstanz, eine Wahnsinnsnacht, eine Wahnsinnsfrau. Aber es war nicht seine Welt. Er trat an den Tisch und schenkte sich Wodka nach. Als jemand neben ihm „Hiiii" sagte, beschloss er, dass er tun musste, was alle taten. Ohne Zauber. „Hallo", sagte Christoph deshalb und ließ alles über sich ergehen. Die dumme Frage, wie er hieß, die dümmere Frage, ob er jemanden hier kannte und die dümmste Frage, was sich wohl in der Flasche befand, auf der *Cranberrysirup* geschrieben stand. Irgendwann küsste er sie einfach. Sie war überrascht, aber nicht abgeneigt und sie torkelten ins Badezimmer, wo er die Badeentchensammlung vom Wannenrand stieß, als er sich die Hose hinunterzog.

Im Theater.

Michele stellte seine Sachen in den Spind und schloss ihn ab. Als er um die Ecke bog, um die Kassa zu holen, löste sie sich aus der Dunkelheit.
„Hallo", hauchte sie und billiger Prosecco wehte ihm aus ihrem Mund entgegen.
„Hallo", er wandte sich ab und schloss den Kassenraum auf.
Sie folgte ihm.
„Warum hast du nicht auf meine SMS geantwortet?", fragte sie.
„Da gibt es nichts zu antworten", sagte er.

Er schloss den Safe auf. Sie stellte sich direkt vor ihn. Ihre Mascara war verwischt.
„Was willst du von mir?", fragte er gelangweilt.
„Sie muss es nie erfahren", ihre Hand wanderte zu seinem Hosenbund.
Er trat einen Schritt zurück und schob ihre Hand zur Seite.
„Ich bin nicht wie du", sagte er kalt, „und jetzt verschwinde."
„Ich bin Maria-Anna Russo. Eine Frau wie mich bekommst du niemals wieder."
Zu ihrem Erstaunen begann er zu lachen.
Als er sie am Handgelenk packte und gegen die Wand neben der Türe drückte, leuchtete so etwas wie Triumph in ihren Augen.
„Ich begehre dich nicht", sagte er scharf, sein Gesicht nur einen Zentimeter von dem ihren entfernt, „ich bemitleide dich."
Ihre Augen weiteten sich.

„Du bist nur ein blasses Abbild der Schauspielerin, die du einmal gewesen bist. Kannst du dich noch an deine Anfänge erinnern? Ich schon. Ich habe dich damals auf der Bühne gesehen und Gott weiß, was ich alles mit dir anstellen wollte. Aber vor allem anderen wollte ich dahinterkommen, was den Funken in deinen Augen ausmachte. Ich wollte schmecken, wovon du gekostet hast. Ich wollte dich tausendundeine Nacht lang dazu befragen, wie es sich anfühlte, auf einer Bühne sich selbst zu verlieren. Wegen dir bin ich erstmals auf eine Bühne getreten. Du hast mir den Mut gegeben das zu tun, was ich immer schon tun wollte. Dank dir habe ich die Leidenschaft gefunden, nach der ich suchte. Und jetzt? Jetzt sehe ich diese gebrochene Person vor mir, die mich anbettelt, mit ihr zu schlafen. Ihre niedrigen körperlichen Bedürfnisse zu stillen. Weißt du, warum? Weil du nichts anderes mehr hast. Du bist die hässlichste Frau, die ich kenne. Und wenn du nicht sofort verschwindest und deinen Rausch ausschläfst, rufe ich die Polizei."

Er ließ sie los.
Sie starrte ihn an, wollte etwas sagen und bewegte nur die Lippen.
Dann zog sie eine Augenbraue hoch: „Die Polizei? Wem wird sie wohl glauben?"
„Dem Nüchternen."
„Ich werde dem Direktor sagen, er soll dich entlassen", fuhr sie ihn an.
„Wenn es dir Spaß macht. Aber sobald du aus dieser Türe draußen bist, wirst du dich fragen, weshalb du das Gefühl für einen magischen Moment für immer verloren hast. Und diese Frage wird dich nie mehr loslassen."
„Leck mich", sagte sie und warf ihm das Sektglas vor die Füße, das dort in tausend Scherben zersprang.

Sie verließ den Raum, wobei sie die Türe hinter sich zuwarf. Michele blickte noch eine Weile auf das Holz. Du hattest Recht, Emma, dachte er bei sich, für manche Menschen war die Magie für immer verloren.

Der Träumer.

Er hatte etwas verloren. So viel wusste er. Soviel wusste er, als er sich gegen ihre Schulter lehnte an diesem Sommermorgen nach einer durchgefeierten Nacht, als sein Atem zwischen ihren Brüsten verdampfte und seine Lippen auf ihrem Kleid einen winzigen Fleck Rotwein hinterließen. Ihre dunkle Stimme flüsterte in sein Ohr, aber ihre Worte verursachten nur Rauschen. Er wollte ihre Gedanken nicht hören, was er wollte, war, ihren Körper zu fühlen, nahe an seinem, weil es ihm den Schmerz für den Moment erleichterte. Auf das zu hören, was sie sagte, würde Konsequenzen nach sich ziehen. Und das wollte er nicht. Alles musste für den Moment sein. Das war die Freiheit, die er immer gesucht hatte. Das war das Leben, wie er es fühlen wollte.

Eines Tages war ein Mädchen, das bei ihm im Haus wohnte, auf seiner Türmatte gestanden und hatte ihn gefragt, was Glück war. Dann fragte sie ihn, was Liebe war. Und schließlich, warum man schrieb. Benedikt bat sie herein, weil er das Feuer in ihren Augen liebte. Und er sagte, Glück sei so vieles. Glück war, wenn ein Moment sich magisch anfühlte. Glück, sagte er, sei, an einem endlosen Sandstrand entlanggeführt zu werden. Glück sei, endlich den Regen auf der Haut zu spüren nach einem heißen Tag in Madrid. Glück sei, mit der Familie fünf Stunden lang zu frühstücken. Glück sei, wenn die Wahrheit so unglaublich war, dass jeder sie für erfunden hielt. Und er lieh ihr den Film „Secondhand Lions“, in dem es um die Wahrheit ging.

Was die Liebe sei, sagte er, wisse er nicht. Aber eines Tages würde er es wissen. Und wenn es soweit war, würde er sie ihr beschreiben.

Wie man nun schrieb? Du musst ehrlich sein, sagte er, ehrlich zu dir selbst und dazu, worüber du eigentlich schreiben willst. Sonst werden sie dich immer mit der falschen Formulierung erwischen wie einen

Dieb. Sie las ihm einiges vor, was sie geschrieben hatte, während sie auf der Bank saß und er aufmerksam lauschte.
„Werde ich es können?", fragte sie und er sagte: „Ja." Er war der erste, der daran geglaubt hatte, dass sie schreiben musste. Im Herzen nämlich war er ein Träumer und ein Romantiker. Wenn sie ihn ansah, in seine gutmütigen Augen blickte, wünschte sie sich, sie wäre ein paar Jahre älter, um es jetzt auszuprobieren, um ihn zu küssen, um tief in den Menschen hineinzublicken, weil da noch unendlich viel mehr in ihm war als auf den ersten Blick sichtbar; vieles, das sie noch nicht verstehen hätte können. Aber sie traute sich nicht.

Als Benedikt aus dem Ausland zurückkam, als sein jüngerer Bruder und sie bereits ein Paar geworden waren, unternahmen sie oft in der Freundesgruppe etwas miteinander und sie suchte seine Nähe, weil von diesem Mann eine Leidenschaft für das Leben ausging, von der sie sich unheimlich angezogen fühlte. Er hatte keine Angst davor, große Gefühle als solche zu benennen; er konnte Situationen getrost als „magisch" bezeichnen, weil er sich traute, seine Gefühle auch überlebensgroß werden zu lassen. Er war so schlagfertig, dass sie sich immer gefordert fühlte und tanzte im nächsten Moment mit ihr am Strand, nachdem sie einige Gläser Ouzo getrunken hatten. Den Anis hatte sie noch auf der Zunge, als sie nur seine Bewegungen spürte, denn auch beim Tanzen folgte er keinen Regeln, sondern nur seinem eigenen Rhythmus. Sie lernte, die Leichtigkeit in ihr Leben zu lassen, weil es ihn darin gab.

Die beiden Brüder, die ihr so viel bedeuteten, hatten noch etwas anderes gemeinsam als ihre Liebe: ihren Traum, die vollkommene Freiheit zu finden. Sie waren davon überzeugt, dass es sie gab – irgendwo da draußen. Und sie dachten, der Weg dorthin wäre einfach. Eine Weile lang lebte sie mit ihnen, weil sie an die beiden glaubte. Dann verließ ihr Freund sie und als sie wieder auf Benedikts Türmatte stand, fragte er nur: „Was hast du getan?" „Nichts", sagte sie tonlos.
„Aber es muss doch etwas geschehen sein", er legte die Stirn in Falten.

„Nein", sie weinte leise, „es ist nichts geschehen."
Und dann fragte er sie, ob sie schon mit anderen Männern geschlafen hatte. Sie schüttelte nur den Kopf und konnte nicht glauben, dass das die einzigen beiden Fragen waren, die er nach allem, was passiert war, an sie stellen konnte.
Sie wandte sich um und ging. Wie ein blasser Schatten streifte sie durch die nächsten Monate ihres Lebens, auf der Suche nach einem langen Sandstrand, auf der Suche nach der Frage, wie sich Glück anfühlte.

Die anderen beiden zogen weiter. Sie befanden sich auf dem ultimativen Trip in den Himmel ihrer Sehnsüchte, völlig losgelöst von der Erde. Sie stürzten sich in den Rausch, wandten sich an billige Frauen, an nichtssagende, stumme Geschöpfe, weil sie dachten, dort fänden sie die Freiheit, jeden Gedanken in ihnen zu reflektieren. Sie gebrauchten sie als Schutzschild gegen die eigene Dunkelheit, denn dass sie fähig waren, ganz andere Männer zu sein als blasse Schatten ihres Humors, ihrer Fürsorge, ihres wachen Geistes, das wusste sie ebenso wie viele andere, die mit ihnen gegangen waren.

Sie konnte nicht anders; sie musste sie hinter sich lassen, obwohl sie sich so sicher gewesen war, dass sie für immer Teil ihres Lebens sein würden. Sie tauchte in die Dunkelheit. Aber jede Dunkelheit, schrieb Stefan Zweig, war auch nur ein Kind des Lichts und auf dem Weg zu diesem Licht, in quälend kleinen Schritten, begann sie zu akzeptieren, dass manchen Menschen nichts etwas bedeutete. Sie baute sich eine Mauer, ein Schutzschild, aber diesmal nicht gegen die eigene Dunkelheit. Sie akzeptierte die Dunkelheit in sich; das Schutzschild war für all jene da, die sie enttäuscht hatten.

Als sie Benedikt wiedersah, fragte er sie, mit wievielen Männern sie nun schon geschlafen hatte. Ob sie – und hier zwinkerte er ihr zu – schon ihre Erfahrungen gemacht hatte.

„Ja“, antwortete sie tonlos und meinte etwas ganz anderes als er. Sie wollte, dass er ihr noch einmal die Vollkommenheit eines Strandspaziergangs erzählte oder sie daran erinnerte, wie sie gemeinsam die Sterne in Griechenland gezählt hatten. Deshalb begann sie, ihm von etwas Lustigem zu erzählen, etwas Magischem, aber er stellte nur Fragen zurück, als wolle er sie als Lügnerin entlarven. Kurz versuchte sie, den Mann wiederzuerkennen, der ihr beigebracht hatte, wie sie sanft die Hand auf den Arm eines anderen legte, um herauszufinden, ob jemand Interesse an ihr hatte. Sie versuchte, ihn wieder zu sehen, am Dach des Empire State Buildings, als er tief ein- und ausatmete und vor Freude zu bersten schien, dass die Lichter der Stadt, die niemals schlief, ihnen zu Füßen lagen. Sie schloss die Augen, weil sie nicht mehr mitansehen konnte, wie er Nachrichten ins Handy tippte, während er ihr bei Tisch gegenübersaß.

Es war sie, der er sich an die Schulter lehnte. Sie, deren Worte er nicht hören wollte. Dabei sagte sie es ihm an diesem Sommermorgen, als der Tau die Blätter um sie herum krönte und die Morgenluft einen weißen Schleier über den See legte.
Sie sagte ihm: „Du hast mich für immer verändert. Du warst es doch, der mir gesagt hat, dass ich den Mut haben soll, Gefühle noch an mich heranzulassen, weil sie es immer wert sind. Du sagtest doch, ich sollte schreiben. Wohin bist du gegangen?“
„Ich bin frei“, murmelte er.
„Das ist nicht wahr“, antwortete sie, „alles hat seinen Preis. Der Preis für die vollkommene Freiheit ist die Einsamkeit. Du bist viel zu weit gegangen. Du hast die Liebe gefunden; erinnerst du dich an Julia? Und du hast sie wieder verloren, bevor du mir die Liebe beschreiben konntest wie du es versprochen hast. Bitte. Komm zurück. Lass alles gehen und fang noch einmal an. Fang mit allem an, was dich glücklich macht.“
Statt ihr eine Antwort zu geben, küsste er sie.
Dann sagte er: „Bitte sag mir, dass kein Mann dich jemals so geküsst hat wie ich.“

Und da wusste sie, dass er, der Träumer, das Gefühl für einen magischen Moment für immer verloren hatte.

Sais.

Was er allda gesehen und erfahren,
Hat seine Zunge nie bekannt. Auf ewig
War seines Lebens Heiterkeit dahin,
Ihn riß ein tiefer Gram zum frühen Grabe.
- *Friedrich Schiller*

Ich streifte durch einen Frühlingsgarten, der nach Flieder duftete. Der Efeu umarmte alten Stein; die Sonne wärmte die Kieselsteine auf dem Weg. Die riesige Pyramide aus Sandstein warf keinen Schatten und überließ alles der enthüllenden Schönheit der Sonne. Barfuß genoss ich die sanfte Berührung der Grashalme. Es war, als tanzte ich über die Weite, als würde nichts meine Schritte aufhalten bis ich am Horizont angelangt war. Dann stieß ich gegen einen Steinvorsprung. Ich achtete nicht darauf und stieg darüber. Dann schürfte ich mir die Haut an einer Kante auf. In den feinen Poren blieb ein klein wenig Stein zurück; setzte sich ins Fleisch, um meine Leichtigkeit zu verunreinigen.

Ich wirbelte herum. Mein Rock streifte das dunkle Grau. Beflügelt von der Wärme der Erde flog ich weiter in die mir angezeigte Richtung. Keine Wolke trübte den Sommerhimmel; der kleine Torbogen öffnete sich schamvoll über dem saftigen Grün der Grasstreifen. Ich zog meine Weste aus und grub die Zehenspitzen in den Boden. Die Pyramide hielt mir den Rücken frei, als ich durch den Torbogen schritt. Meinen Rock ließ ich irgendwann am Wegesrand zurück, als meine Fußballen die ersten spitzen Kieselsteine fühlen konnten.

Um mich zwitscherte der Sommernachmittag; erfüllte die Luft in den höchsten Tönen, als er von der Herrlichkeit der Natur sprach. Meine Hüfte wiegte schwerelos hin und her, als meine Gedanken weit abdrifteten, zu einer Melodie, die nur in meinem Inneren existierte; ich wirbelte herum und riss mir das Knie an einer Dornenhecke auf.

Meine Finger fassten die weiße Rose und nahmen sie mit. Da ich aber nicht innehalten konnte, ließ ich auf dem Stängel eine Schicht hellrotes Blut zurück; rot wie der glutrote Sonnenaufgang an einem kalten Herbstmorgen. Kurz hielt ich den Finger an die Lippen und schmeckte Ginjinha, dessen Süße mir auf der Zunge brannte und durch alle Glieder fuhr. Aus der Rose in meiner Hand erwuchsen mehrere, ergossen sich auf meinen Körper bis ich ein Kleid aus gleißenden Blüten trug. Noch einmal drehte ich mich. Dann sah ich sie.

Sie standen in der letzten Reihe des Friedhofs; vor einem noch jungen Grabstein. Ich blickte mich um und erkannte, dass das Grau in meinem Arm von einem Grabstein stammte, dass ich auf einem Friedhof war und als hätte die Pyramide nur darauf gewartet, dass ich diese Erkenntnis erlangte, stürzte sich ihr Schatten auf mich wie ein gieriges Tier. Ich hob die Arme und zog einen Streifen Blut wie einen Bannkreis um mich.

„Er ist aufgebrochen, als ich ihm erzählt habe, es gibt sie wirklich", sagte der eine Mann, der ein Notizbuch trug. Ich starrte hilflos auf den Grabstein, in den nur *Anonym.* und *Sais.* eingraviert waren.
„Dass es wen gibt?", fragte ich.
„Die Wahrheit", sagte der Mann leise.
„Aber …", begann ich.
„Ich habe ihm erzählt, dass es sie gab. Dass sie an diesem Ort versteckt war. Es ist alles meine Schuld." Der andere Mann, der mir in seinem Reiseumhang vertraut vorkam und mich dennoch nicht erkannte, legte ihm die Hand auf die Schultern.

„Er ruht hier unter seinesgleichen", sagte der Mann mit Reiseumhang und wandte den Kopf zu einem sehr vertrauten Grabstein, der den Namen des Toten ebenso wenig trug.
„Er hat mich aufgesucht", fuhr der andere mit dem Notizblock fort und seine Lippen bebten, „nach seiner Reise. Die Schläfen des Jüng-

lings waren grau gewesen; seine Augen ohne Ausdruck. Er hat mich angefleht, ihm das Wissen wieder abzunehmen. Denn er hatte sie gefunden. Und er hatte ihren Anblick nicht ertragen können."

„Du hättest ihm nicht helfen können", versicherte ihm der Reisende.
„Ich konnte ihm nicht helfen, diese Bürde zu tragen! Ich habe sie doch selbst nicht gesehen. Wie hätte ich ahnen können, dass er sie wirklich finden würde?", das Notizbuch glitt beinahe aus seinen Händen.
„Warum sollte er die Wahrheit nicht finden?", fragte ich.
„Ich weiß es nicht. Lohnt es sich denn, für die Wahrheit zu sterben?", er klemmte das Büchlein unter seinen Arm.
Ich blieb stumm, während der andere Mann antwortete: „Es gibt Schlechteres, wofür Menschen sterben."
„Zum Beispiel aus unerfüllter Liebe?", funkelte ihn der das Notizbuch Tragende an. Er wandte sich von uns beiden ab. „Nicht jeder Tod ist es wert, gestorben zu werden", sagte er düster.

„Und nicht jedes Leben gelebt zu werden", sagte ich und erschrak über die eigenen Worte. Beide sahen mich an.
„Es gibt Schlechteres, wofür die Menschen heute sterben", fuhr ich fort.
„Deine Zeit ist aber nicht die unsere", erinnerten sie mich.
„Nein", antwortete ich, „zu eurer Zeit hat man sich für die Liebe umgebracht, für die Wahrheit, vielleicht für die Ehre. Heute sterben Menschen aus Feigheit, aus Hass, aus Schwäche."
„Denkst du wirklich so?", er schabte mit den Füßen im Erdboden und drehte sein Notizbuch in den Händen, „das ist schrecklich."
„Wofür würdest du sterben?", fragte mich der Mann mit dem Reiseumhang.
„Für einen Menschen, den ich liebe", antwortete ich sofort.
„Und für deine Überzeugung? Für die Wahrheit?"
„Nein", sagte ich ein wenig trotzig, „die Wahrheit ist eine Konstante in der Realität. Ganz gleich, ob ich dafür sterbe oder nicht, es wird

sie immer geben. Für etwas zu sterben, das ich nicht ändern kann, ist sinnlos.“
„Siehst du?“, er legte sein Notizbuch auf den kalten Stein vor ihm, „der junge Mann ist also umsonst gestorben.“

Der Reisende legte ihm erneut die Hand auf die Schulter: „Das ist unser Los. Wir erzählen den Menschen Geschichten. Und manchmal finden sie es wert, dafür zu sterben.“

„Aber sie können diese Entscheidung doch überhaupt nicht treffen. Die Wahrheit, von der wir sprechen, ist die der Literatur. Da ist die Wahrheit keine Konstante. Sie ist flexibel“, wie zur Bestätigung blickte er auf sein Notizbuch.
Ich verstand nicht.
„Vielleicht ist es Zeit“, sagte er dann mit Blick auf den Grabstein und packte sein Büchlein so fest, dass seine Knöchel weiß wurden, „den zu früh verstorbenen Jüngling zu einer Geschichte werden zu lassen.“
Dann ging er fort, tief in Gedanken versunken. Der Reisende kam zu mir. Noch immer wies nichts in seinen Gesichtszügen darauf hin, dass er mich schon einmal gesehen hatte.

„Du verstehst nicht, oder?“, fragte er. Mir wurde kalt.
„Nein“, flüsterte ich beschämt.
„Ich liebe Rosen“, sagte er und blickte mich von oben bis unten an, „sie gehören zu meiner Welt. Die Art, wie du sie trägst, ist wundervoll. Aber was“, sein Mund kitzelte mein Ohrläppchen, als er flüsterte: „wenn ich dir sagte, dass keine Rosen zu existieren haben?“

Ich konnte im Augenwinkel den kleinen Pudel sehen, der hinter dem Grabstein hervorgehuscht war.

„Rosen sind nicht wahr“, fuhr er fort und schnippte mit den Fingern. Das Kleid, das ich trug, verschwand. Erst fiel jedes einzelne Blüten-

blatt vom oberen Saum ab, dann blätterte in einem Dominoeffekt das gesamte Kostüm von meiner Haut bis ich nackt vor ihm stand.
„Und jetzt?", fragte er, „jetzt gehörst du mir."
Hinter ihm wuchs ein Schatten, noch dunkler, als jener, der von der Pyramide ausging. Seine Augen wurden tiefschwarz und der Schatten legte, an ihm vorbei, die Hand auf mein Kinn.

„Was ist passiert?", fragte ich und versuchte, das Bluten meiner Finger aufzuhalten; versuchte verzweifelt, der Ohnmacht zu entkommen, die sich mit jedem neuen Schwall Blut, der aus meinem Körper trat, näher in meine Sinne schob.
„Du", sagte er, als er mit dem Schatten verschmolz, als seine Augen, die ich stets unter dem Reisehut verborgen gesehen und doch erkannt hatte, trüb wurden, „du bist meine Geschichte geworden. Es war leicht, dich meiner Wahrheit zu unterwerfen."
„Wie?", fragte ich nur, als ich die Augen schloss und der Geruch von Eisen in meine Nase schoss.

„Du kennst die Regeln der Erzählung nicht. Du weißt nicht, was es heißt, deine Wahrheit zu erschaffen. Du kannst nicht schreiben."

Als ich die Augen wieder öffnete, war ich im Inneren des Pudels.

7. Kapitel

In der Bar *Taormina*.

“Ein **Impakt** (Einschlag, Aufprall, von lat. *Impactus* = eingeschlagen) oder Einschlag bezeichnet die Kollision zweier Himmelskörper mit sehr hoher Geschwindigkeit“, hatte Julia in ihr Tagebuch notiert, als sie von der Reise zurückgekehrt war.

Sie hatte versucht, die Anziehungskraft zwischen Emma und dem Mann, der ihr am ersten Abend in der fremden Stadt begegnet war, zu beschreiben. Und sie hatte in der Naturwissenschaft nach einer geeigneten Definition zu suchen begonnen, weil eine solche Anziehungskraft für sie nur durch ein gewaltiges Phänomen zu beschreiben war. Sie konnte nicht einfach sagen, Emma hatte sich in diesen Mann verliebt. Das war es nicht gewesen. Das war es auch nie gewesen in allem, was danach gekommen war. In diesem Augenblick waren so viele Gefühle im Spiel gewesen, dass es unmöglich war, sie nur durch ein einziges Phänomen zu benennen. Es ließ sich also nur als Zusammenprall von Kometen beschreiben, was in dieser Frühlingsnacht passiert war. Obwohl Emma zu diesem Zeitpunkt nicht an einem Abenteuer interessiert war, holte das Abenteuer sie ein. Sofort, als die beiden einander an dem wackeligen Esstisch gegenübersaßen, sprangen die Funken über. Diese beiden Charaktere, sie, Emma, die Neugierige, die vor Tatendrang sprühte, traf auf ihn, Raffaele, den Geheimnisvollen, der wusste, wen er wollte. Als Julia von der Toilette zurückkam, waren die beiden über die Tischkante hinweg in einen hitzigen Kuss verstrickt, in eine glühende Suche nach den Lippen des anderen. Die beiden konnten nicht anders, als die Nacht miteinander zu verbringen, oder, um es richtig zu sagen, die Zeit, die Julia ihnen ließ, ehe sie ins Hotelzimmer zurückkehrte. Als sie eintrat, stand Emma am Fenster und blickte in den Innenhof hinunter. Auf ihrem Rücken war eine leichte Schürfwunde zu erkennen. Sie atmete tief ein und aus.

„Und?“, fragte Julia. Als ihre Freundin sich ihr zuwandte, kannte sie die Antwort.

„Es ist verrückt“, sagte Emma.
„Werdet ihr einander wiedersehen?“
„Ich denke schon, ja“, Emma trat plötzlich auf sie zu und umarmte sie. Dann sah sie ihr fest in die Augen: „Ich möchte, dass du mir etwas versprichst. An dunklen Wintertagen musst du mich daran erinnern. Versprichst du das?“

Manchmal teilte sie ihre Gedanken mit Francesco und er sagte dann: „Ich verstehe das nicht. Wie kann man so intensiv fühlen, dass es einem den Atem raubt? Wie kann man immer auf der Suche nach dem Moment sein? Ich meine, schöne Situationen erleben, ja. Das Leben genießen, die Freiheit spüren, ja. Aber doch nicht so, dass ich nicht mehr in die Wirklichkeit zurückfinde. Es hat etwas Zerstörerisches an sich. Ich meine, du hast selbst gesagt, dass sie manchmal hungert, wenn sie schreibt oder ununterbrochen Schokolade isst, dass sie manchmal überhitzt irgendwo tanzt und nicht mehr aufhört zu trinken und manchmal stundenlang einer Person zusehen kann. Das ist doch alles nicht real. Das kann doch nicht alles gleichzeitig in einem vorgehen.“
Er schüttelte nur den Kopf und sie sah, dass es ein langer Tag für ihn gewesen war.

„Ich denke, dass Emma …“, begann sie wieder und er hob die Hand zu einer abwehrenden Bewegung.
„Hör auf, an sie zu denken“, sagte er streng, „jetzt ist nicht die Zeit dafür.“
Überrascht blickte sie ihn an: „Was hast du?“
„Es war ein langer Tag für uns beide. Ich meine, in der realen Welt“, er umrundete die Bar und stellte sich neben sie; gerade so, dass er die aquamarinfarbigen Punkte in ihren Augen ausmachen konnte, „wenn du etwas von Emma mitnimmst, nimm die Sicherheit mit, dass es magische Momente in der Wirklichkeit gibt.“ Sanft legte er ihr die Hand auf den Arm.

Der letzte Gast, der in der Bar übriggeblieben war, war ein Geschäftsmann, der den ganzen Abend über kein Wort gesprochen hatte. Er hatte den Krawattenknopf gelockert und den Kopf gegen das dunkle Holz gelehnt. In seinem Glas schimmerte noch ein kleiner Rest seines Drinks; seine Augen waren starr ins Nichts gerichtet.

Francesco legte das Geschirrtuch hin und wählte ein Lied. Sie folgte ihm auf die Tanzfläche und er drehte sie ein Mal. Das Licht war gedimmt; die Hektik des Abends war längst verflogen; alle Nachtschwärmer waren zu Hause oder weitergezogen. Die Luft vibrierte nicht hitzig, sondern hatte sich zur Ruhe begeben. Die letzten bunten Lichter der Scheinwerfer schlichen über die kleine Tanzfläche. Er führte sie in die Mitte des Raumes. Dort umfassten seine starken Arme sie; ihr Körper war ihm vertraut, denn sie hatten oft miteinander getanzt. Er liebte ihre schönen, schlanken Beine, die sich wie von der Schwerkraft befreit über das Holz bewegten. In jedem ihrer Schritte lag Leichtigkeit, lag der Genuss des Augenblicks. Sein ganzer Körper floss mit der Musik in eine Bewegung, als könne er sich nicht anders fortbewegen. Sie liebte es, dass ein kleiner Druck seiner Hände, manchmal nur seines Zeigefingers ausreichte, um sie in jede Figur führen zu können. Durch seine Bewegungen hielt er sie nahe und schuf gleichzeitig Raum für ihren Körper. Die Luft um sie flirrte; ihr Tanz reflektierte sich in den müden Augen des Mannes, der noch immer unbewegt in der Ecke saß. Die beiden Tanzenden holten den Sommer in die dumpfen Wände der Bar. Ihre Haare verfingen sich ab und zu zwischen seinen Fingern, wenn er sie drehte; sie ließen die Hüften aneinander kreisen; es war, als entstünde ein Sog inmitten des einsamen Raumes. Als das Lied zu Ende war, drehte er sie noch einmal und nahm sie dann in die Arme. Sie hörte auf ihr klopfendes Herz. Er küsste sie.

In der Lindenstraße 5.

„Hmmm“, Isabella blickte über Micheles Schulter, „das riecht unglaublich gut!“
„Hast du deinen Appetit zurückgewonnen?“, grinste er.
„Ja“, sie zuckte die Schultern, „nichts ist für immer. Gott sei Dank auch der Schmerz nicht.“

Michele fügte noch etwas Gewürz hinzu und schloss kurz die Augen, als das Aroma in seine Nase aufstieg. Isabella holte Teller aus dem Schrank.
„Was trinkt man dazu?“, fragte sie.
„Was du willst“, entgegnete er, „ich bin doch kein Sternekoch.“
„Du bist aber ein wirklich guter Koch. Du solltest immer kochen.“
„Das sagst du doch nur, damit du nicht kochen musst“, lachte er.
Sie rollte die Augen: „Neeeein!“ und wusste, er hatte sie ertappt.

Auch Christoph betrat die Küche mit einem „Hmmm“ auf den Lippen.
„Was kochst du?“, fragte er.
„Mexikanischen Eintopf. Und zur Nachspeise gibt es … nun ja, schwierig zu beschreiben. Etwas mit dunkler Schokolade.“ Er rührte noch einmal im Topf und fügte dann hinzu: „Ich bin heute nostalgisch.“
„Nostalgisch? Was hat das mit mexikanischem Eintopf zu tun?“, fragte Christoph.

Michele griff sich an den goldenen Ring in seinem Ohrläppchen und schwieg.
„Ahaa“, Isabella goss sich Rotwein ein und beobachtete, wie Christoph sich mit einer Flasche Gösser nach einem Öffner umsah. Sie stellte das Glas hin und nahm ihm die Flasche aus der Hand. Mit einer schnellen Bewegung öffnete sie den Deckel auf der Tischkante und gab sie ihm zurück.

„Danke“, murmelte er.
„Irgendwann musst du das lernen. Dann bist du erwachsen“, sagte sie, „und eine Champagnerflasche mit einem Messer zu öffnen.“
„Das kannst du nicht!“, sagte Michele entschieden und kostete den Reis.
„Wetten?“, in ihren Augen leuchtete es und die beiden Männer wussten, dass sie es tun würde.
Sie holte in Ermangelung eines Champagners eine Flasche Prosecco aus dem Tiefkühler, entfernte den Verschluss und holte ein Fleischmesser hervor.
„Wehe, du verdünnst meinen Eintopf mit Sekt!“, warnte Michele und stellte sich schützend vor den Herd.
Sie lächelte nur geheimnisvoll, setzte an und öffnete die Flasche in einem Schwung. Der Prosecco ergoss sich auf den Fliesenboden und Isabella stieß einen Siegesschrei aus.
Christoph hielt Gläser unter die Fontäne, um die Flüssigkeit aufzufangen.
Sie stießen an.
„Gut gemacht“, Michele ließ den Prosecco im Mund zergehen, „und jetzt setzt euch! Es wird gegessen!“

Er stürzte den Rest des Proseccos in einem Zug hinunter und blickte dann in den Topf. Michele schloss die Augen. Ihm stieg der Geruch von Abschied in die Nase und von einer Notlüge. Aber wie verabschiedete man sich von jemandem, mit dem man nicht zusammen sein konnte? Wie erklärte man einem Menschen, dass einem die gemeinsame Leidenschaft die Welt bedeutet hatte und dennoch war sie nie zu Liebe geworden? „Du bist eine Zauberin“, flüsterte er und war sich wieder nicht sicher, ob es dieses Wort im Deutschen überhaupt gab. Dann lächelte er, nahm den Topf an den Henkeln und wandte sich um.

Die Zauberin.

Sie kam nach Hause wie jeden Montagabend. Da stand er im Wohnzimmer, neben sich ein gepackter Koffer.
„Wo willst du denn hin?", fragte sie und er sagte einfach „Ich gehe."
„Aber wohin?", fragte sie noch einmal, weil sie nicht verstand.
„Ich gehe. Ich kann das nicht mehr."
„Was?", fragte sie und näherte sich ihm, um ihn zu umarmen. Er wich vor ihr zurück.
„Ich verlasse dich", sagte er dann. Sie senkte die Arme.
„Warum?", fragte sie.
„Es reicht nicht für ein Leben. Ich kann es nicht mehr. Du bist immer so aktiv, bist immer sinnlich – du kochst zu viel."
Sie runzelte die Stirn. „Ich koche zu viel?"
„Auf Wiedersehen, Lea", er nahm den Koffer und verließ ihre Wohnung für immer.

Was reichte für ein ganzes Leben? Diese Frage stellte sie sich seit diesem Tag immer und immer wieder. Sie verkaufte die gemeinsame Wohnung und zog zurück zu ihren Eltern, die nicht sicher waren, ob sie ihre vierzigjährige Tochter wirklich auf dem Sofa haben wollten. „Nimm dir eine eigene Wohnung", sagte ihre Mutter, als Lea ihr geblümtes Bettzeug im elterlichen Wohnzimmer über die Couch stülpte.
„Nein, Mama", entgegnete sie, „ich brauche das Geld für das Restaurant."
Was sollte das bedeuten, sie kochte zu viel? Ja, sie kochte verdammt viel, weil das Teil ihres Lebens war. Manchmal dachte sie sogar, es war das einzige, das sie wirklich konnte. Ihr Mann hatte sie also für das einzige verlassen, worin sie wirklich gut war.

Als sie in ihrer neuen, kleinen Küche stand, mit ihrem alten Onkel als Gemüseschneider und ihrer widerwilligen Nichte als Aushilfe, fragte sie sich nicht zum ersten Mal, weshalb sie hier war. Aber sie fragte es sich zum letzten Mal. Von diesem Punkt an nämlich beschloss sie, dass es kein Zurück mehr gab. Und dort, wo es kein Zurück mehr gab, gab es nur noch den Weg nach vorne. Je mehr sie die Liebe zu ihrer Freiheit genoss, je mehr Leute sie einstellte, je mehr das Geschäft wuchs, desto mehr lernte sie wieder das Leben zu lieben.

Ihre Nichte arbeitete weiterhin bei ihr im Restaurant und kam in ihrer Freizeit oft mit Freunden hierher. Irgendwann wurde sie von der verlassenen Frau zu ihrer coolen Tante, die auch gelegentlich eine Runde Tequila für alle ausgab. Eines Abends band sich Lea die Schürze auf, als ein junger Mann bei ihr in der Küche stand. „Die Toilette ist links um die Ecke, nicht rechts“, sagte sie ohne ihn richtig anzusehen.
„Ich weiß“, sagt er, „ich wollte fragen, ob ich hier arbeiten kann.“ Sie sah ihn an.
„Willst du das wirklich?“
„Ja“, sagte er.
„Du kannst als Kellner anfangen.“
„Danke“, antwortete er.
Sie sah dem jungen Mann nach und fragte sich, warum nicht alle so unschuldig bleiben konnten.

In den kommenden Wochen beobachtete sie ihn. Er tat sich gut, half allen und war freundlich zu den Gästen.
„Wie gefällt er dir?“, Lea stieß ihre Nichte in die Seite und zwinkerte ihr zu.
Sie zuckte nur mit den Schultern: „Wir sind Freunde.“
„Aber kommt er denn nicht wegen dir?“, fragte sie.
Ihre Nichte lachte: „Ganz sicher nicht. Er steht nicht auf Mädchen.“
„Was denn – auf Jungs?“
Ihre Nichte funkelte sie an: „Auf Frauen“
Dann warf sie das Geschirrtuch hin und verließ das Restaurant. Er näherte sich der Bar.
„Gute Nacht“, sagte er.
„Gute Nacht“, entgegnete Lea.

„Lea“, sagte er, als er schon fast bei der Tür draußen war, „bringst du mir irgendwann etwas bei?“
Sie blickte ihn belustigt an: „Was sollte ich dir beibringen?“
„Wie man kocht. Ein Rezept. Nur ein einziges. Ich bitte dich.“
„Sicher“, entgegnete sie etwas verwirrt.
„Morgen?“
Sie legte das Geschirrtuch ab: „Jetzt, wenn du willst.“

In der Küche bereitete sie alles vor. Ohne zu wissen, warum, hatte sie die Zutaten für einen mexikanischen Eintopf vor sich ausgebreitet, dessen Rezept sie erhalten hatte, als sie als junge Frau von 23 Jahren durch Mexiko getrampt war. Etwas daran verlieh ihr unendliche Freiheit. Die silberne Platte unter den Zutaten war falsch, denn unter den Zwiebeln, den Gewürzen, dem vollen Gemüse, sollte eine Holzplatte sein. Er stand ihr gegenüber.
„Es beginnt ganz einfach“, sagte sie und zeigte ihm, wie man das Gemüse schnitt. Als er sich mit dem Messer so ungeschickt anstellte, dass sie nicht länger zusehen konnte, umrundete sie den Tisch und nahm seine Hände, um ihn zu führen. Als sie seine Haut berührte, wurde ihr bewusst, wie jung er war. Sie schloss die Augen. Kehrte zurück in das kleine Dorf am Hang des Hügels, in dem es keine Elektrizität gab, in dem nichts den Rhythmus der Natur störte. Sie roch das Feuer, das den ganzen Tag unter dem kleinen Messingtopf brannte, atmete den starken Pfeffer, der ihr in seiner Intensität bis tief ins Innere drang. Sie schmeckte die Wärme der Nüsse; ihre Zunge wand sich um die kräftige Konsistenz des Mais. Sie fühlte die Weichheit des Brotes auf ihrer Haut und die dominante Schärfe des Chilis entzündete ihre Lippen. Von ihrem Mund aus ergoss sich volle Wärme in ihren Körper, der sie angenehm schaudern ließ. Es war ihr, als wiegte der Wind sie hin und her, aber als das Gefühl in ihr Bewusstsein drang, als sie verstand, dass Wind sich niemals so angefühlt hatte, wusste sie, dass es seine Hände waren, die ihrer Hüfte die Schwerelosigkeit zusprachen. Sie öffnete die Augen.

„Du warst ganz weit weg", sagte er und hielt sie dennoch fest. Sie legte die Hände auf seine Oberarme und fühlte seine schmächtige Statur. Seine Haut war wie ein Rohdiamant, der noch nie geschliffen wurde; wie die verheißungsvolle Rohheit eines Teiges, dem die entscheidende Prise Gewürz fehlte. Er küsste sie.

Er war jung und ungestüm und sie liebte es, wenn sie ihm dabei zusah, wieviel Freude es ihm bereitete. Irgendwann wollte er von ihr wissen, was ihr gefiel und sie musste sich eingestehen, dass sie es gar nicht wusste. Nach und nach begann sie, durch seine Berührungen herauszufinden, was sie fühlen wollte und als sie das erste Mal mit ihm zum Höhepunkt kam, ging sie danach geradewegs in die Küche, um zu kochen. Etwas belustigt erschien er wenig später, um sie zu fragen, was sie da tat.
„Ich tue, was ich liebe", antwortete sie ihm und nahm sein Gesicht in die mehligen Hände, „ich koche." In dieser Nacht komponierte sie ein Gericht, das nur für ihn bestimmt war und als sie fertig gegessen hatten, schob sie sich rittlings auf ihn, weil sie von den intensiven Gewürzen und seiner Anwesenheit berauscht war.

Sie wusste, dass der Zeitpunkt kommen würde, da er eine andere Frau mitbringen würde. Genauer gesagt war es ein Mädchen. Eine süße kleine Blonde, die ihr schüchtern zulächelte. Leas Lippen waren darüber versiegelt, was sie mit ihm geteilt hatte und sie begrüßte das Mädchen als sei es die erste Freundin, die ihr Sohn mit nach Hause brachte.

Ihre Sucht nach Entdeckungen aber war entfacht. Sie kochte für jeden Mann, mit dem sie die Nacht verbrachte – einmal war es eine süßliche Schaumsuppe wie die Leichtigkeit, die sie auf ihren Liebhabern empfand; dann war es ein kräftiges Chili, das das Gefühl innerlich zu explodieren, in ihren Mund zurückbrachte; und ein andermal war es herbe Schokoladencreme, die ihren Körper einlullte wie die warmen Körper der Männer auf ihr. Sie verkochte alles, was ihr den unwiderstehlichen Geschmack der Leichtigkeit zurückbrachte; alles, was zu süß war, um in dieser Welt zu verderben und alles, was zu salzig war, um die Zunge nicht daran zerbrechen zu lassen. Sie genoss die Hitze der Kochtöpfe in ihrem Gesicht, die ihr beinahe den Atem raubte wie wenn ein starker Mann ihren Körper mit seinem bedeckte. Sie spürte die Erregung der weichen Mascarponecreme wie eine unbekannte Zunge, die ihren Körper zum ersten Mal erforschte. Sie griff in die Granatapfelkerne wie ihre Lippen in die Halsbeuge eines jungen Mannes.

Eines Abends kam er wieder in das Restaurant.
„Guten Abend", sagte er und lächelte.
„Guten Abend", antwortete sie.
Weil er nicht weitersprach, füllte sie zwei Gläser mit Tequila und reichte ihm eines davon. Die undefinierbare Schärfe brannte noch auf seiner Zunge als er sagte: „Ich werde heiraten."
„Ich gratuliere", sagte sie, meinte es genauso und schenkte trotzdem nach.
„Ich wollte mich nur verabschieden", er lächelte schüchtern wie an dem Tag, an dem er gefragt hatte, ob er hier arbeiten könnte.
„Lässt du mich ein letztes Mal für dich kochen?", fragte sie.

Als er zusah, wie der Rest der dunklen Schokolade auf ihren Lippen zerging, sagte er: „In deinen Armen bin ich erwachsen geworden."
Sie strich ihm über die bärtige Wange: „Ja. Ab jetzt wirst du nur mehr alt."
Da lachte er und entgegnete: „Und du bist eine Zauberin."
Sie küsste ihn ein letztes Mal und sagte: „Danke für alles."

Paris.

Und warst das Zarteste, das mir begegnet,
das Härteste warst Du, damit ich rang.
Du warst das Hohe, das mich gesegnet –
Und wurdest der Abgrund, der mich verschlang.
- *Rainer Maria Rilke*

Der Mann mit den großen, sanften Augen wartete zwischen Olympia, Amor und Psyche und dem Ursprung der Welt.
„Ich war noch nie hier", sagte er und seine ganze Haltung verriet, dass er sich mit diesem Gedanken unwohl fühlte.

Es war niemand anderer in der gesamten Stadt. Und diesmal war ich es, der ihn bei der Hand nahm. Ich führte ihn vor die Tore, hinaus ans Wasser. Es war ein gleißend heller Tag; ein Tag, dessen Hitze trunken machte. Um uns herum verschwammen die Gebäude zu einem Teppich aus Weißtönen, angereichert mit schimmernden Lichtflecken. Es war, als tanzten Feen um uns, als würden wir verschlungen durch ihren ewigen Reigen. Die Mauern tönten neben uns, umschlossen uns und dennoch fühlten wir die Weite des Himmels. Über uns glitzerten bunte Flecken klaren Glases, die aus dem Inneren auf uns abfärbten. Das Hellblau perlte an unseren Körpern ab, während wir den Platz überschritten als wären wir von einer Wasserquelle geküsst, die wir noch nicht einmal erahnen konnten. Das Grün schlich sich auf unsere Schläfen, kitzelte unsere Sinne und das tiefe Orange ergriff unsere ineinander gekreuzten Finger. Von oben sahen sie auf uns hinab – sie kauerten scheinbar schwerelos auf den Dächern und blickten uns durch starre Augen an, während sie die kleinen Arme auf die Knie stützten. Ihre spitzen Flügel legten sich an ihre mageren Körper. Regungslos verharrten sie in der Sommersonne und in den Winternächten; lauschten Worten der Liebe und saugten die Verzweiflung aus der Tiefe der Menschheit in sich auf. Ohne die

Lippen zu bewegen flüsterten sie miteinander und mein Begleiter wandte sich instinktiv nach ihnen um.

Irgendwann entstand ein kleiner Brunnen vor uns. Ich hob die Hand, um das Liebespaar, das vor uns stand, zum Fortgehen zu bewegen. Es zerstob in feines, graues Pulver, das der Wind mit sich forttrug. Das Wasser lag still vor uns; es spiegelten sich Wolken darin, die wir am Himmel nicht fanden. Sein schmales Gesicht erschien neben meinem. Der Platz lag still um uns; er ließ meine Hand los und schöpfte etwas Wasser aus dem Becken. Zwischen seinen schlanken Fingern hielt sich die Flüssigkeit, ehe er den durchsichtigen Körper zu einer vertrauten Form verbog. Als er die Hand erneut öffnete, schälte sich ein milchig-trüber Körper aus der Umklammerung. Der kleine Schmetterling breitete die Flügel aus und erhob sich vom Handballen meines Begleiters. Stetig flog er auf die hohen Türme zu. Als der Schmetterling die Mauer erreichte und sich darauf niederließ, versah er die Steine mit feurigem Glanz, bevor er in heiße Luft verpuffte. Dadurch entstanden unzählige glitzernde Sprenkel auf der mittelalterlichen Mauer. Ich griff ins Wasser und tat es ihm nach, formte Insekt nach Insekt und es erhoben sich tausende Schmetterlinge gen Himmel, um die Türme mit Glanz zu übersähen. Er sah jedem einzelnen Tier nach, als sähe er zum ersten Mal das Schauspiel eines Flügelschlags; auf seinem Gesicht spiegelten sich kindliche Neugierde und ernste Auffassungsgabe zugleich. Seine Augenfarbe entsprach dem milchigen Hellblau der Flügel der Schmetterlinge; sein Bart kräuselte sich jedes Mal, wenn sich seine Lippen zu einem Lächeln verzogen.

Irgendwann fragte er: „Weshalb hast du mich hergebracht?“
„Weil ich dir eine Frage stellen muss. Glaubst du an die Liebe?“
Seine Finger schickten den nächsten Schmetterling auf die Reise: „Ja, natürlich. Aber die Liebe ist vor allem anderen eine Aufgabe.“

„Wie war es zwischen Lou und dir?“

„Es war wie ein Zauber", sagte er und in seine Augen trat eine unendliche Traurigkeit, „ich fand sie dort auf dem Sofa. Wir hatten so oft miteinander über die Literatur gesprochen. So oft hatte ich sie angesehen; jede Faser von ihr gekostet; ihre Gedanken berührt. Nun aber, als ich ihren Körper berühren sollte, war es, als wäre da ein Stein in mir, der mich keinen Schritt gehen ließ."

„Sie zeigte es dir?", fragte ich weiter.

„Ja", antwortete er, „sie zeigte mir, wovon ich niemals hatte kosten wollen. Ich wollte sie nicht besitzen. Nicht auf diese Weise."

„Was ist schlecht daran?"

„Es liegt etwas Heiliges in Gedanken", er hob den Arm ein weiteres Mal, „und keine Realität kann das aufwiegen. Ja, ich berührte sie. Ja, ich verging in ihren Armen. Aber eigentlich wollte ich nicht ihren Körper küssen, sondern ihre Seele."

Ich runzelte die Stirn: „Wie meinst du das? Hat es dir nicht gefallen, wie sie dich berührt hat?"

„Ich dachte", erwiderte er dann, „du fragst mich etwas über die Liebe? Und doch sprichst du nur von Lust."

„Aber", ich biss mir auf die Lippen, „ich spreche von der Situation selbst. Wenn jemand in deinen Armen so fragil ist, dass er jederzeit zerbrechen kann, wenn du eine falsche Bewegung machst. Manchmal teilst du einen solchen Moment mit einem Menschen. Manchmal bist du einer Person für diese kurze Zeit so nahe wie niemals wieder jemand."

„Das glaube ich dir", sagte er nur.

„Auch das kann Liebe sein."

„Nein."

„Warum nicht?"

„Du wärst nicht hier, wenn sie es wäre."

Ich schwieg.

„Die Liebe ist kein Einschlag. Sie ist nur das unendliche Aufeinander-abgestimmt-Sein zweier Saiten des gleichen Instruments, wenn man zwei unterschiedliche Menschen bleibt und doch in einem hingebungsvollen Moment miteinander klingt."

Ich schwieg und schickte einen Schmetterling gen Himmel.

„Junge Menschen, die Anfänger in allem sind, können die Liebe noch nicht: sie müssen sie lernen“, paraphrasierte er die eigenen Worte.
„Was rätst du mir dann?“
„Suche die Einsamkeit“, antwortete er, „und wachse daran, dass du dich selbst kennenlernst. Dann bist du auch bereit für jemand anderen.“

Als ich weiter schwieg und zu den alten Mauern aufsah, die wir mit glitzerndem Staub versehen hatten, sagte er: „Hör auf, immer der Unordnung und Wirrnis deiner Leidenschaften zu folgen. Das führt dich nicht in die Zukunft. Wenn du die Liebe willst, musst du zuerst einsam gewesen sein.“

„Vielleicht bin ich deshalb hier“, sagte ich mehr zu mir selbst. Er, der sich mit Berührungen so schwertat, legte seine Hand auf meine.
„Du bist noch nicht am Ziel“, sagte er.
Dann formte er aus dem Wasser ein milchig schimmerndes Tuch und band es mir um die Augen. Alles um mich herum verschwand in Dunkelheit.
„Alles im Leben ist Arbeit. Auch die Liebe. Das bedeutet aber, nicht stehen zu bleiben. Davor musst du dich nicht fürchten.“
„Ein bisschen Angst aufzubrechen habe ich. Das habe ich immer.“

„Du bist doch schon längst aufgebrochen“, sagte er, dann nahm er meine Hand. Gemeinsam durchschritten wir ein weißes Tor. Das Tuch, das ich über die Augen getragen hatte, floss über meine Schläfen hinab, die Arme hinunter, an den Beinen entlang und vermengte sich mit dem Wasser des großen Brunnens, der vor uns lag.

„Das ist es“, sagte er, „unendlich lebensvolle Wasser gehen hier über die alten Aquädukte in die große Stadt und tanzen auf den vielen Plätzen über steinernen weißen Schalen und breiten sich aus in weiten, geräumigen Becken und rauschen bei Tag und erheben ihr

Rauschen zur Nacht, die hier groß und gestirnt ist und weich von Winden. Hör gut zu", er fasste mich um die Taille und sofort hörte sich das gleichmäßige Rauschen wie ein Takt an, „es ist deine Melodie."

Meine Füße folgten seinen Schritten, mein Körper glich sich seinen Bewegungen an und irgendwann tanzten wir mitten in den strömenden Fontänen wie unter Wasser – leicht, spielerisch und schwerelos. Mit den sanften Wellen, die uns begleiteten, mit dem Wunsch nach Stille, die ihn stets umgab, verschwand für diesen Augenblick, der Minuten, Tage oder Wochen dauerte, auch meine Unruhe. Und meine Angst vor der Liebe.

8. Kapitel

In der Lindenstraße 5.

„Du hast es dir ja echt gegeben", begrüßte Isabella ihn am nächsten Morgen, nachdem sie eine Poolparty im Haus der Eltern ihres Studienkollegen gefeiert hatten. Christoph nickte nur und näherte sich der Kaffeemaschine.

„Hat es dir gefallen?" Er nickte abermals und versuchte, den Schalter zu finden.

„Sie ist ein liebes Mädchen, nicht?", fragte sie weiter.

Während er sich nach der Kaffeekapsel bückte, versuchte er, noch ein weiteres Mal zu nicken, aber es überforderte seine Bewegungsmöglichkeiten.

„Wirst du sie wiedersehen?", stellte Isabella die nächste Frage.

Man konnte nicht sagen, dass er hundertprozentig wach war, aber in welche Richtung dieses Gespräch gehen sollte, erkannte er. Daher verschwieg er auch, dass er das Mädchen vermutlich nicht einmal wiedererkennen würde, geschweige denn ihren Namen wusste und antwortete: „Vielleicht."

Sie rührte in ihrem Kakao: „Cool, okay. Mein Abend war auch ganz cool."

„Hm", machte er und grüßte seine Lebensgeister aufs Herzlichste, als ihm der Kaffeeduft in die Nase stieg.

„Thomas war auch da", sagte er dann, weil es ihm wie ein Blitz in die Erinnerung fuhr. Ihre Miene versteinerte sich, was er nicht mitbekam, als er sich an den Tisch setzte. Er schob die Magneten auf der kleinen weißen Tafel in die richtige Reihenfolge, sodass alle roten bei *Emma* waren, alle grünen bei *Isabella* und alle blauen vor *Christoph.*

„Ich weiß", tat sie gespielt lässig und zuckte die Schultern.

„Es macht dir gar nichts aus?", fragte Christoph, „dass der Typ, dem du deine Liebe gestanden hast und der dich abgewiesen hat, auch auf der Party war?"

„Nein", entgegnete sie trotzig, „ich bin ein großes Mädchen."

Dann stand sie auf und meinte, sie träfe Lisa noch auf einen Kaffee.

„Bis dann", sagte sie.

Er stützte den Kopf auf die Handfläche. Dann war wohl wieder er mit Abwaschen dran.

Im Garten.

Das Familienfest war wie jedes Familienfest. Groß, laut und immer ein bisschen zu viel des Guten. Er liebte es. Ein einziges Mal hatte er Emma mitgenommen, weil sie so traurig gewesen war und er sie nicht einfach zu Hause hatte sitzen lassen können. Für sie war es ein Paradies an skurrilen Figuren und sie sprach noch lange später über Kleinigkeiten, die ihm nie aufgefallen waren. Als er heute so dastand, wünschte er sich ganz plötzlich, Emma wäre wieder hier.
Gleichzeitig aber machte er die Probe und fragte sich, was sie wohl sehen würde. Zunächst würde ihr natürlich der Haufen tanzender Kinder auffallen, die in der Mitte des Geschehens waren und niemals stillhalten konnten. Wenn sie spielten, war es, als würde man einem Ameisenhaufen zusehen. Von außen ergab nichts Sinn, aber am Ende waren alle immer zufrieden und jeder hatte seinen Teil beigetragen. Ihre bunten Schleifen wirbelten im Wind und er beobachtete die gemusterten Strümpfe, die über das helle Gras sausten.

Der Kontrastpunkt war sein Opa, der hinten im Gartensessel saß und einen großen Hut trug. Seine Hosenträger waren lila-azurblau, eine Farbkombination, die sich unendlich mit dem hellen Gelb des Hemdes schlug und ihn wie ein Osterei aussehen ließ. Seine Omi richtete mit den anderen Frauen das Buffet her, wobei sie gerade die pinken Servietten auf die grünen stapelte und meine Tante mit den blauen davonjagte („Kind, bist du farbenblind?").
Daneben legte seine Mutter die kleinen Stückchen Kuchen neben den Mohnstrudel der anderen Tante, die mit Argusaugen überwachte, dass die klebrige Schaumkrone des Kuchens keinesfalls die heikle Wölbung des Strudels kontaminierte.
Irgendwann gesellte sich auch seine jüngste Tante zu ihnen und scherzte mit seiner Mama, woraufhin auch seine Tante mit dem Mohnstrudel zu lächeln begann. Sein Onkel fasste seine Tante von hinten an der Taille und küsste sie, während er ihr ein Glas Sekt in die Hand drückte.

Ein anderer Onkel rannte ins Bild, seiner kleinen Tochter nach, mit verzerrtem Gesichtsausdruck, weil das rote Blümchenkleid wohl den Kampf gegen die Grasflecken verloren hatte. Die beiden letzten Onkel und seine zwei Cousins gaben vor, auf die Bierzapfanlage zu schauen und tarnten durch diese Achtsamkeit nur ihr ihnen ihrer Meinung nach von Rang und Geburt her zustehendes Vorrecht auf die ersten gezapften Krüge. Seine Cousinen tauschten sich über Jungs in ihrer Klasse aus. Das klang so:
„Die sind voll blöd!"
„Ja", dachte Christoph, „wird nicht besser."
Und sie: „Oh, Gott, ist der süß."
„Süß ist nur Schokolade und lass Gott da raus", dachte er vergnügt.
Und schließlich sie: „Soll ich das liken?"
„Macht das Kraut auch nicht fett …", Christoph schmunzelte.

Sein Cousin Patrick stellte sich neben ihn.
„Gestern gefeiert, oder?", fragte er verschmitzt und drückte Christoph ein Bierglas in die Hand. Christoph wollte es ihm zurückgeben, aber er schüttelte nur den Kopf und prostete ihm zu: „Reparaturkrügerl. Ist gut für dich. Wie läuft's?"
„Gut", gab Christoph zurück.
„Hast du Chemie hinter dich gebracht?"
„Ja, alles geschafft. Diese Tests sind alle ein bisschen nastisch", fügte er noch hinzu und genoss das Lachen seines Gegenübers, weil dieser das gleiche Fach studierte und endlich verstand, was er meinte.
„Und die Liebe?", fragte Patrick. Christoph nahm noch einen Schluck Bier.
„Erzähl mir lieber von dir. Was treibt die Arbeit?", wich er aus.
„Ah!!", sein Cousin jauchzte auf, „ich wusste doch, da ist etwas. Die, die du mal mithattest? Du weißt schon, dass die ganze Familie Tagung darüber gehalten hat, sobald ihr um die Ecke verschwunden wart?"
Christoph lachte. Natürlich wusste er das. Er hatte sogar ein genaues Bild davon im Kopf wie sie die Köpfe zusammengesteckt hatten und

mit der Flasche Uhudlerschnaps auch die wildesten Theorien herumgegangen waren.

Seine Mama dazu: „Ich dachte, er findet keine, weil er manchmal so komische Wörter verwendet und ihn keiner versteht."
Omi: „Mio dio!"
Sein Onkel: „Stille Wasser sind tief. Vielleicht hat er mehrere gleichzeitig."
Omi nimmt die Schnapsflasche an sich: „Dio!"
Seine Tante: „Und ich dachte schon, er ist schwul."
Omi fällt in Ohnmacht.

„Nein, nicht die", antwortete Christoph, „die hat sich gerade verkrochen und schreibt ihren Roman. Es ist meine andere Mitbewohnerin."
„Und?"
„Was soll ich dir sagen? Sie ist wunderschön und nett und klug und alles einfach."
„Und?"
„Was, und?"
„Hast du schon etwas unternommen?", drängte Patrick auf ihn ein.
„Wir wohnen zusammen, Patrick! Da wäre der Bär los, wenn das nicht hinhaut.", gab Christoph zu bedenken.
„Vielleicht. Vielleicht aber auch nicht. Du wirst es nie wissen, wenn du es nicht versuchst.", sagte Patrick.
„Jaja, ich weiß. Ich kenne diese Kalendersprüche. Ich wohne genau genommen mit einem wandelnden Kalenderspruchlexikon zusammen. Aber im richtigen Leben ist das nicht so." „Wie ist es denn dann, das richtige Leben?", sein Cousin hatte Grübchen in den Wangen, wenn er schmunzelte.
„Einfach nur merkwürdig", gab Christoph zurück.

„Weißt du, ich habe mich mit deinem wandelnden Kalenderspruchlexikon ganz gut unterhalten damals. Und sie hat mir erzählt, dass der Gedichtband eines berühmten irischen Autors, den sie kennt, den Titel *Stop-gap grace* trägt. Sie hat sich sofort in den Titel verliebt, weil sie meinte, man kann ihn nicht übersetzen. *Grace*, klar, *Gnade*, und *stop-gap* ist der Abstand zwischen U-Bahn und Bahnsteig, den wir einfach überschreiten – meist, ohne es zu merken. Aber manchmal passiert genau dort etwas Wunderbares. Nur – wir nehmen es gar nicht wahr. Ein schöner Gedanke, oder? Dass man manchmal vielleicht einfach nur länger stehen bleiben und richtig hinschauen muss." Patrick strahlte ihn an.

Christoph sah auf seine Füße hinunter.
Ja, er kannte diese Facette an Emma, diese gierige Suche nach dem nächsten Augenblick. Er war einmal dabei gewesen, als Emma sich auf ein solches Abenteuer gestürzt hatte. Auf einer Party hatte sie die Nummer eines Typen erhalten, der für ein halbes Jahr ins Ausland nach Spanien gehen würde. Sie bedankte sich höflich und vergaß ihn. Eines Abends aber kam sie nach Hause und erzählte ihm, dass sie heute beim Reisebüro vorbeigegangen und ein Sonderangebot für einen Flug nach Salamanca, also der Stadt, in der er war, gesehen hatte. Später am Nachmittag, als sie in dem kleinen Café Mittagspause gemacht hatte, hatte der Kellner das gleiche Parfum getragen wie der Typ von der Party. Und abends hatte eine Freundin unaufgefordert für alle Sangria bestellt.
„Ich muss zu ihm", sagte sie sicher, „ich muss dorthin fliegen."
„Emma, ich bitte dich. Das sind einfach Zufälle."
„Nein", antwortete sie ihm ganz sicher, „es gibt keine Zufälle. Und schon gar nicht so viele auf einmal."
Sie buchte noch an diesem Abend den Flug und verbrachte zwei Wochen bei ihm in Spanien. Zurück kam sie mit der Erinnerung an leidenschaftliche Sommernächte, mit der Sicherheit, jede Art von Sonnenaufgang beschreiben zu können und einem Heißhunger auf Paella, aufgrund dessen sie in der WG zwei weitere Wochen lang ausschließlich verschiedenste Rezepte von Paella aßen. Isabella war begeistert gewesen, weil sie nicht kochen musste. Christoph hingegen

war nicht umhingekommen, diese Intensität absurd zu finden. Ihre Unikurse hatte Emma vernachlässigt und Christoph war die Paella beim Hals hinausgehangen.

Mit lautem Getöne eröffnete sein Onkel das nächste Bierfass; sein Opa hatte die Schaumkrone des Ribiselkuchens schon auf der Nasenspitze und lächelte vergnügt; seine Tante vollführte das Kunststück, in nur einem Atemzug ihren beiden Zwillingsmädchen jedem ein Lätzchen umzubinden und seine Mama schleckte die Tortenschaufel ab, als sie glaubte, niemand sah hin. Nur seine kleine Nichte, die ihren Stoffbären unter den Arm geklemmt hatte, riss die Augen auf und wies mit dem Finger auf sie. Ein ganz normaler Sonntag eigentlich.

Zwei Straßen von der Bar *Taormina* entfernt.

So lange Zeit war Julia nicht mehr neben jemandem aufgewacht. Als sie nun die Augen öffnete, wandte sie sich Francesco zu und sah ihn an. Sein Kopf ruhte auf dem Polster, den er im Arm eingeklemmt hatte. Sie lächelte.
„Guten Morgen", flüsterte Francesco.

Julia sah ihn an, vergaß auf die Nachricht an ihre Eltern und genoss das Gefühl, nicht aufstehen und gehen zu wollen, sondern genau zum richtigen Zeitpunkt am richtigen Ort zu sein. Sie legte einen Arm um ihn. Francesco atmete tief ein.
„Ich bin so glücklich", sagte er dann ehrlich, „so glücklich wie ich es an dem Tag war, als meine Bar eröffnet hat."
Sie lachte, weil sie den Vergleich so seltsam fand.
„Warum ausgerechnet dann?", fragte sie ihn.
„Weil ich zum ersten Mal dabei war, etwas zu erschaffen, was mir wichtig war. So wie mein Onkel, als er das Haus am Meer gebaut hat. Ich kann mich noch an diesen Ort erinnern als wäre es gestern gewesen. Alle Sommer meiner Kindheit habe ich dort in Südfrankreich verbracht. Das Haus war an der Außenwand übersät mit Muscheln und jede von ihnen war einzigartig. Ich verbrachte ganze Nachmittage damit, an ihnen entlang zu streichen und mir die schönste davon auszusuchen. Und weißt du was? Welche die Schönste war konnte ich nicht sagen, denn es änderte sich mit jedem Jahr. Als ich ihn einmal fragte, weshalb er es gebaut hatte, hatte er nur gelächelt und gesagt: „Ich musste sie zurückholen." Nie habe ich verstanden, was er damit gemeint hat und ich habe auch nie die ganze Geschichte erfahren, aber das Glück in den Augen dieses Mannes, der sich etwas mit seinen eigenen Händen erschaffen hatte, machte mir klar, dass auch ich nicht sterben will, bevor ich etwas geschaffen hatte. Und an diesem Tag tat ich den ersten Schritt."
„Und heute?", fragte sie.
„Heute beginnt etwas Anderes, ganz Neues."

Erst als sie vor dampfenden Kaffeetassen saßen, nachdem sich gezeigt hatte, dass er kein Morgenmensch war, weil er umständlich Rührschüssel, Schneebesen und Pfanne zusammengesucht und schließlich doch kein Rührei zustande gebracht hatte, fragte er sie schließlich: „Was ist nun zwischen uns? Sind wir ein Paar?"

Julia zögerte für einige Sekunden. Sie wünschte, sie könnte Emma um Rat fragen, mit ihr alle Einzelheiten durchgehen, jeden Blick von ihm gemeinsam analysieren und ihr von letzter Nacht erzählen. Aber Emma war nicht hier. Und es fühlte sich alles so an, wie es sein sollte. Also beschloss sie, sich zu erlauben, wunschlos glücklich zu sein. Sie beschloss, dass manches ganz einfach war.

Julia strahlte ihn an: „Ja, wir sind ein Paar!"
Er stützte sich auf die Tischkante und küsste sie, wobei er das Marmeladeglas umwarf.

Der Architekt.

Immer, wenn er mit seinem Großvater spazieren gegangen war, hatten sie gemeinsam die Häuser betrachtet, die sich in der Umgebung befanden. Eines Tages bedauerte sein Großvater, dass sie ein sehr altes Haus niedergerissen hatten und nun ein neues, modernes an diesem Platz entstehen sollte. Elias zuckte mit den Schultern.
„Natürlich", sagte er, „es muss schwierig zu heizen gewesen sein. Dinge vergehen."
„Ja", antwortete sein Großvater nur und drehte mit dem Daumen den goldenen Ring am rechten Ringfinger. Dann gingen sie weiter.

Elias schrieb sich in ein Architekturstudium ein. Als sie nun spazieren gingen, versuchte er, seinem Opa die Vorteile von neuen Häusern näher zu bringen. Er beschrieb ihm die Wirkung der Glasfassaden auf den Lichteinfall in den Räumen; beschrieb ihm jeden Winkel des Hauses, das er für eine Übung entworfen hatte. Er war unheimlich stolz darauf, dass er den Raum durch das weiße Interieur geöffnet hatte, dass alles Ruhe und Eleganz ausstrahlte.
„Wo ist die Unordnung?", fragte da sein Opa.
„Nirgends, verstehst du? Es gibt keinen einzigen ungenutzten Platz, keinen Winkel, der nicht seine Funktion hätte", Elias' Stimme überschlug sich vor Begeisterung.
Aber sein Opa blickte nur stumm auf das Konstrukt und nickte: „Ich verstehe."
„Wenn wir die Zukunft erschaffen wollen, müssen wir praktisch denken", fuhr Elias fort, „dann ist für alles Nötige Platz geschaffen."
„Und für das Unnötige?"
„Das braucht keinen Platz."
„Und was bleibt dann?", fragte der Alte weiter.
Elias runzelte die Stirn: „Wenn man stirbt, wird alles weggeworfen; es wird saubergemacht und dann zieht jemand anderer ein."
„Der die gleiche Ordnung hat?"

„Sicher", antwortete Elias, verwirrt über die Einfachheit der Frage. Sein Opa legte die Hand in seinen Nacken: „Du hast noch eine Menge zu lernen, mein Junge."

Auf seinem Auslandssemester in Frankreich lernte er eine Französin kennen, die in einem Friseursalon arbeitete. Sie begegneten sich, weil ihr das Säckchen mit den Croissants gerissen war und alle warmen Teigtaschen auf dem Gehsteig gelandet waren. Da fluchte sie so laut, dass er auf sie aufmerksam wurde und eilte herbei, um ihr zu helfen. Sie stampfte noch zwei Mal mit dem Fuß auf und lächelte dann über ihr Missgeschick. Er sah ihr in die Augen und verstand nicht, wie sich die Emotion in ihrem Inneren so schnell hatte ändern können. Er sammelte die Croissants hektisch auf, weil er sich an die Fünf-Sekunden-Regel hielt. Obwohl er wusste, dass es längst zu spät war, hatte er das Bedürfnis, alles schnell sauber zu machen. Sie sah ihm belustigt dabei zu. „Was machst du?", fragte sie dann lachend. Ihr Lachen irritierte ihn. Schließlich hatte er ihr geholfen.
„Ich helfe dir", antwortete er etwas ungehalten.
„Ich hole neue – magst du auch eines?", fragte sie. Er öffnete den Mund und sagte nichts. Da lachte sie wieder, nahm ihm die Croissants aus der Hand und warf sie weg. Dann packte sie seine Hand und führte ihn zu dem kleinen Café. Er realisierte nicht, was sie bestellte, denn er fragte sich, weshalb ihre Haare in solcher Unordnung waren, wenn sie doch in einem Friseursalon arbeitete. Weshalb hatte sie die Spitzen in diesem scheußlichen Rosa gefärbt? Es spiegelte nicht die Frühlingssonne, es passte nicht zu ihrem dunklen Haar, es passte schon gar nicht zu der Kleidung, die sie trug.

„Alles okay mit dir?", fragte sie dann und gab ihm ein Croissant in die Hand.
„Ja", sagte er endlich, „alles okay."
„Ich arbeite in dem Salon da drüben – wenn du mal Kaffee trinken willst, komm vorbei", sagte sie, als sie ihn auf der Straße stehen ließ.

Wochenlang umkreiste er den Häuserblock, in dem sich der Salon befand. Er stellte sich unendlich viele Fragen, versuchte, eine Formel dafür zu finden, wie eine mögliche Konversation mit ihr ausgehen könnte, drehte um, war schon fast an der Türschwelle, kehrte wieder um, bis er eines Tages neben dem Schaufenster stand und versuchte, einen Blick auf sie zu erhaschen.

„Hallo", sagte sie und ihm wurde bewusst, dass sie sich von hinten näherte. Erschrocken fuhr er zusammen. Unzählige Male hatte er sich auf diese Situation vorbereitet. Er hatte sich gefragt, warum er, der angehende Architekt, eine Friseurin ausführen wollte. Er hatte sich gefragt, weshalb er nicht mehr Punkt halb zwölf einschlafen konnte, weshalb er immer wieder von rosa Sonnenaufgängen träumte und weshalb es ihm eine ungeahnte Freude bereitete, morgens ein Croissant zu essen. Aber es lief alles darauf hinaus, dass er nur einzige Frage stellte. Vielleicht würde die Unordnung in seinem Inneren dann endlich aufhören. Also beschloss er, das einzig Logische zu tun: die Frage zu stellen.

„Gehen wir einen Kaffee trinken?" Sie strahlte ihn an: „Ja."

Von da an war alles ganz leicht. Aber die Unordnung verschwand nie wieder, denn diese Frau bedeutete, dass kein Tag in seinem Leben wie der vorige war. Nichts in ihrem Leben entsprach irgendeiner Ordnung – alleine ihr Schlafzimmer war eine Ansammlung an skurrilen Artefakten, die sie von vielen Reisen mitgebracht hatte. Sie besaß holzgeschnitzte Musikinstrumente, kleine, kitschige Keramikgefäße von ihrer Uroma, winkende Katzen, die aussahen, als stammten sie aus China, aber in Wahrheit hatte sie sie in dem kleinen Antiquariat am Ende der Straße gekauft, weil sie einfach fand, in einen richtigen Haushalt gehörte eine winkende Katze, roter Sand vom Grand Canyon, eine Puppe des Disney-Charakters Prinz Eric, weil sie schon immer mit einem Mann wie ihm auf ein Date hatte gehen wollen, ihn aber nie gefunden hatte, eine kleine Statuette von Michelangelos David und noch unzählige andere absurde Dinge. In jedem Zimmer ihrer kleinen Wohnung fand sich ein Hinweis auf das Meer. In einer

Seifenschale im Badezimmer lagen eine Handvoll Muscheln, im Vorzimmer hing ein riesiger Anker und in ihrem Schlafzimmer gab es ein Nachtlicht, das das Meeresrauschen imitierte, was ihn in der ersten Zeit um seinen Schlaf brachte.

Er beschloss, in dem kleinen Ort zu bleiben und noch bevor ihre Tochter geboren wurde, hatte er ein Haus gekauft. Elias war sehr stolz darauf, weil es hell war und groß genug, sodass sie viel mehr Platz für ihre Sachen hatte. Er bot ihr an, das meiste davon in Kisten zu verstauen, weil er einen geräumigen Stauraum geschaffen hatte. Für ein halbes Jahr lebten sie zu dritt in dem Haus. Aber eines Tages war sie verschwunden. Zuerst dachte er, sie war nur einkaufen gegangen ohne ihm etwas zu sagen, aber irgendwann wusste er, dass sie gegangen war. Weshalb, fand er nie heraus. Aber als in dieser Woche sein Opa starb, wurde ihm plötzlich klar, was er gemeint hatte. Das Leben brauchte Unordnung. Es brauchte Chaos, um alles fühlen zu können, was es wert war, gefühlt zu werden. Er stand neben der Krippe seiner kleinen Tochter und beschloss, dass es Zeit war.

Elias riss die Zwischenwände ein und strukturierte sie neu. Dann bemalte er die Wände in den unterschiedlichsten Farbtönen; er öffnete ihre Kisten und hängte alles an die Wände, ließ es in Ecken stehen, nahm sich die Freiheit heraus, den Teppich zur Hälfte gefaltet auf dem Boden auszubreiten. Er gab der winkenden Katze einen Platz auf dem Balkon und dem riesigen Anker einen auf der Toilette, wodurch der Raum fast unbetretbar wurde. Seine kleine Tochter hatte er immer bei sich, nahe an seinem Körper, weil er fand, es war wichtig für sie, seinen Herzschlag zu fühlen. Über die Jahre entwuchs sie seinem Griff und seine Haare standen in wirren Strähnen vom Kopf ab. Er verkleidete das Haus mit einer Zementschicht, in die er Muscheln einließ, die die wirrsten Muster ergaben. Mit jeder einzelnen Muschel erinnerte er sich an sie. Sie erschufen eine wundersame, kostbare Hülle in ihren unzähligen Formen und Farben, die an einer Stelle perlmuttern im Mondlicht schimmerten und sich an einer anderen tiefschwarz in der Mittagshitze aalten. Er hatte etwas geschaffen, in das niemand anderer einfach so würde einziehen können. Diese Mauern würden für immer seine Geschichte tragen, seine Wünsche, Träume und alles das, was durch seine Tochter von ihm bleiben würde. Nicht alles verging.

Eines Tages rief seine Tochter nach ihm. Sie stand an der Schwelle zum Balkon. Es war ein Sturm aufgezogen, der die Meeresluft ins Landesinnere trug, sodass etwas Salz auf den Lippen zurückblieb. Elias blickte in die Richtung, in die seine Tochter deutete. Sie war zurückgekommen.

Sixtinische Kapelle.

Beendet ist nun meines Lebens Bahn
Nach Meeresstürmen und auf schwankem Boot
In jenem Port, wo wir, nach unserm Tod,
Für alles einstehn, was wir je getan.
- *Michelangelo Buonarotti*

Ich erkannte ihn nicht, wie er dort am Fuße der Säule saß und das massive Becken auf seinen Schultern trug. Seine Gesichtszüge waren verhärmt, seine Augen dunkel vor Zweifel. Der Innenraum der Kirche war rein und klar. Die Wände klangen hell; die Nischen der Fenster versteckten sich ehrfurchtsvoll. Die Sandsteinsäulen wuchsen aus dem Boden hervor; an ihren Enden schlugen sie Wurzeln. Die schlanken Silhouetten warfen lange Schatten. Zwischen ihnen glitzerten Farben wie Edelsteine und reflektierten das Wenige an Tageslicht, das das Kircheninnere erreichte, unendliche Male. Kein einziger weißer Lichtfleck war zu sehen; alles ruhte in satten Farben. Dort, wo die Säulen auf die Decke trafen, erblühten sie in üppigen Blätterkronen. Der schwere Duft von Weihrauch legte sich auf meine Sinne und doch war es, als wäre ich in freier Natur. Ich schloss die Augen und drehte mich im Kreis. Ganz langsam, sodass meine Füße nebeneinander Schritt für Schritt den Stein erschlossen.

Als ich neben dem großen Becken stand, tauchte ich die Finger der rechten Hand hinein. Als ich sie wieder hinauszog, waren die Fingerkuppen, als seien sie gemalt. Ich tauchte die ganze Hand hinein und zog sie als Ebenbild der Hand der Sybille von Eritrea hinaus. Das Becken bewegte sich leicht, als sich die Figur darunter langsam erhob, bis sie in voller Größe vor mir aufgerichtet war. Er sah mich ernst an und hob dann das Sandsteinbecken, das die Form einer Muschel hatte, so an, dass das Wasser sich daraus auf mich ergoss. Ein kalter Schauer durchfuhr mich. Ich öffnete die Augen und sah mich im Boden des Beckens, das er mir hinhielt, gespiegelt. Ich trug zwei unterschiedliche Gesichtshälften. Zur einen Seite war ich die Sybille von Eritrea. Zur anderen eine blonde Frau, deren Haar lang bis auf die Schultern hinabfiel. Galathea. Instinktiv bewegte ich die Hand auf meine Wange zu. Er stellte die Schale neben sich ab und runzelte die Stirn, als er mich ansah.

„Du kommst hierher", fragte er mich, „und bringst dennoch einen Teil von ihm mit?" „Welchen Teil?", fragte ich verwirrt.
„Hast du bei ihm gelegen?"
„Bei wem?", ich wich vor ihm zurück.
„Du hast dich ihm hingegeben. Er hat die Wand nach deinem Vorbild geschmückt, dort, am Ufer des Tiber. Du bist es nicht wirklich, Galathea."
Ich verstand und fühlte mich schuldig.
„Hast du es genossen, wie er dich berührt hat?", fragte er und seine Augen verdüsterten sich.
„Ja", sagte ich leise, „sehr."
„Am Ende unserer Reise werden wir für das einstehen müssen, was wir getan haben", sagte er dunkel.
Ich blickte zu Boden.
„Warum bist du hier?", fragte er.
Ich legte die blonden Strähnen beschämt über die rechte Schulter zurück: „Ich wollte dich fragen, was bleibt. Wie wir die Menschen noch nach Jahrhunderten inspirieren."
„Nichts bleibt", gab er streng zurück.
„Nicht ein kleines bisschen?", hakte ich nach.
„Nein", er wandte sich um und trat weiter in den Raum hinein.
„Doch", antwortete ich ihm und es hallte tausende Male nach. Während sein Blick an die Decke schweifte, sprach ich weiter: „Es bleibt physisch nichts von uns, ja. Aber von unserer Seele bleibt ein Teil. Sieh dir an, wie die Menschen noch vor deinen Fresken weinen. Es bleibt ein Teil unserer Gefühle, die uns mit anderen Menschen verbinden. Die wir manchmal nicht begreifen können. Wir sind miteinander verbunden. Wir alle. Die Geschichten verbinden uns

miteinander in Vergangenheit, Gegenwart und Zukunft. Wie hast du das gemacht? Wie hast du Menschen über 500 Jahre hinweg erreicht?"
„Du irrst dich", sagte er wieder.
„Nein! Es gibt vieles, was bleiben kann. Dieser Funke in den Augen deiner Geschöpfe. Diese Gewalt in deiner Dichtung."
Er schüttelte den Kopf.
„Ich weigere mich zu akzeptieren, dass wir dieses Leben genauso unbedarft wieder verlassen, wie wir es betreten haben!", ich lief zu ihm und flehte ihn mit meinen Augen an, mir Recht zu geben, „wir kämpfen um Menschen, weil wir sie lieben. Wir beschützen Menschen durch unsere Liebe. Wir zerstören Menschen durch unseren Hass. Die Welt wird nicht mehr dieselbe sein."
„Die Welt wird genau dieselbe sein, wenn wir gegangen sind."
Ich schüttelte den Kopf.
„Wie kannst ausgerechnet du so etwas sagen? Du hast die Welt für immer verändert! Nicht nur die kleine Welt um dich herum wie ich es mit der meinen tue! Du hast die große Welt verändert!", rief ich.
„Wie?", fuhr er mich an.
„Du hast dem Göttlichen seine Menschlichkeit zurückgegeben!", brüllte ich ihm zu, sodass ich Glas bersten hören konnte.

Kurz war es still. Die Furchen in seinem Gesicht wurden tiefer. Ich griff ihm an den Scheitel und riss den linken Teil seines Gesichts hinunter. Zum Vorschein kam ein mir vertrautes Gesicht mit warmen Augen.
„Geschichten verbinden uns", wiederholte ich, „und du bist auch ein Teil von mir geworden." Er beobachtete, wie das blonde Haar zurück auf meine Schulter fiel.
„Warum hast du dich von ihm berühren lassen?", fragte er, „nun werde ich dich niemals malen können."
„Das wirst du", entgegnete ich, „du liebst Rohdiamanten. Immerhin hast du dich selbst als einen bezeichnet. Und du hast mich gelehrt, keine Angst davor zu haben, einer zu sein."

Die bunten Farbkleckse um uns erzitterten, bis sie sich irgendwann vom Boden lösten. Er nahm meine Hand.
„Bist du bereit?“, fragte er.
„Ich weiß nicht“, entgegnete ich ehrlich, „was bleibt nun?“
„Ich kann dir nichts hinterlassen, was du selbst nicht in dir trägst. Wir spiegeln unsere Seele in Kunstwerke. Es ist nichts geblieben. Die Frage ist, ob du Seele genug besitzt, um die Kunstwerke mit Bedeutung füllen zu können.“
Ich griff mir an die Wange, wo ich aussah wie die Sibylle von Eritrea.
„Dann habe ich einen Teil deiner Seele. Und du“, ich griff an seine Wange, unter das warme braune Auge eines mir vertrauten Gesichts, „du hast einen Teil der meinen.“

In breiten Schleifen erhob die Farbe uns bis hinauf unter die Decke und ich riskierte nur einen kurzen Blick in die Tiefe, die unter uns lag. Ich griff in Richtung Decke und meine Hand tauchte in graues Nichts. Ich konnte sie nicht mehr lösen. Stirnrunzelnd versuchte ich, dagegen anzukämpfen, dass ich mit der Decke zu verwachsen begann. Er ließ meine Hand nicht los.

„Du weißt“, sagte er, „Grau ist nur die Vorstufe zur Trennung von Licht und Finsternis.“

Ehe meine Augen in Dunkelheit versanken, sah ich einen riesigen Adler auf mich zufliegen. Sein Gefieder streifte meinen Rücken und das Letzte, das ich sagte, war: „Nimm mich mit.“

9. Kapitel

Im Theater.

Mittlerweile fand Michele sich auch im Dunkeln zurecht. Sicheren Schrittes durchmaß er den kleinen Vorraum, dann trat er exakt fünf Schritte nach links, um die Hand heben und direkt vor sich den Lichtschalter finden zu können. Zuerst wurde das kleine Zimmer neben der Garderobe erhellt. Die kleine Glühbirne seines Kassenraumes flackerte mehrmals, bis sie in voller Helle erstrahlen konnte. Michele legte seinen Rucksack ab und setzte sich an den Schreibtisch. Er öffnete die Kassenlade und holte den Schlüssel für das Archiv hervor, in dem sich das Restgeld befand. Immer, wenn er auf dem Weg zum Archiv war, schaltete er auch für kurze Zeit das Licht im Bühnenraum an. Er trat auf die Bühne hinaus und genoss den Augenblick auf den Brettern, die die Welt bedeuteten. Er atmete tief aus und ein und begann, den Teil einer Szene zu rezitieren, der sich ihm ins Gedächtnis gebrannt hatte wie nichts anderes. Er wünschte, Emma wäre hier, um wieder mit ihm zu spielen, um wieder und wieder seine Fantasie herauszufordern, um ihn an ihrer Hand weiterzuführen.

Sie beide hatten gemeinsam als Marionetten fungiert – Marionetten eines Regisseurs, der sie nicht einfach spielen hatte lassen, sondern der tief in ihrer beider Seelen geblickt hatte und das, was er sah, kunstvoll mit dem Wesen der Charaktere zu verweben verstand, die auf der Bühne lebendig werden sollten. Der Regisseur, Dan, hatte es erreicht, dass auf dieser Bühne für drei Nächte ein Studententheater, in dem Emma und er ebenfalls Mitglieder waren, spielen durfte. Micheles strenge Chefin, die sich in den Farben der Polstermöbel des Theaters kleidete (grau, braun, anthrazit, matschfarbig, …), hatte sich erweichen lassen, etwas frischen Wind in das altehrwürdige Theater zu lassen. Es blieb bei den drei Nächten und sie rümpfte heute noch die Nase darüber. Aber sie hatten den Auftritt ihres Lebens gefeiert. Als er heute hier nur seinen Teil rezitierte, kam es ihm kläglich unvollständig vor, aber er konnte nicht anders als einen Teil der Situation heraufzubeschwören. Es war wie ein Zauber, wie ein ewiges Versprechen, das sie einander gegeben hatten, das durch ihre Worte für immer einen Platz in der Welt haben sollte.

Nachdem sie die letzte Vorstellung gespielt hatten, als alle Besucher nach Hause gegangen waren, hatten Emma und er unter dem Laternenpfahl vor dem Theater miteinander getanzt. Das Licht hatte sich in den Pflastersteinen, die noch nass vom Regen des Tages waren, gespiegelt und sie in eine unwirkliche Atmosphäre transportiert, in eine Parallelwelt, in der sie jemand anderer geworden waren. Diese Facette ihres Lebens hatten sie miteinander geteilt; es war wie ein Geheimnis, das sie für immer aneinander kettete – eine Intimität, die nur durch die Verletzlichkeit der Öffnung hin zu einer Figur entstand, die noch dabei war, erschaffen zu werden. Es war, als wären alle Hautschichten abgetragen und nun lag das Innerste, der verletzlichste Teil, offen und bar jeden Schutzes – und dennoch: das war der Punkt, an dem eine Figur entstehen konnte. Niemals vergaß man einen Menschen, den man so nackt vor sich gesehen, dem man so tief in die Augen geschaut hatte. Als er mit ihr gespielt hatte, hatte sie ihm erlaubt, einen Blick in ihre Seele zu werfen und umgekehrt ebenso. Manchmal vermisste er die hitzigen Diskussionen über Emotionen, darüber, was man fühlen konnte, darüber, was passierte, wenn man anders fühlte, als man sollte. Und er vermisste Emmas Diskussionen mit ihrem Regisseur Dan, wenn es darum ging, ob ein Mann sinnlicher war, wenn er kochen konnte oder Musiker war.

Micheles Arbeit in diesem Theater war stellenweise lustig, ab und zu auch interessant, aber er vermisste es, seine Welt zu erschaffen. Von Zeit zu Zeit blieben Emma und er in der WG auf dem hässlichen petrolfarbigen Sofa übrig und tranken Flasche um Flasche Rotwein, wodurch sich ihre Wangen färbten und ihre Argumente immer vehementer vorgetragen wurden. Nun, da sie zu schreiben begonnen hatte, schuf sie ihre Welt für sich – und er hoffte, den Schlüssel dazu von ihr zu erhalten, wenn es soweit war.

Erst als er nun die Augen schloss, hörte er ein leises Schluchzen hinter sich. Er wandte sich um und ging hinter die Kulisse. Dort saß Ignazio, sein italienischer Landsmann, der immer die Rolle des Clowns bekam. Er war immer gut drauf, spielte in jedem Stück die lustige Rolle und jeder mochte es, wenn er sich beim Mittagessen an den Tisch dazusetzte. Michele aber kannte ihn auch, wenn er mit sich kämpfte, wenn er in seiner Gegenwart in die gemeinsame Muttersprache wechselte, um ihm seine Geschichte zu erzählen. Wieder hielt er heute ihr Foto in der Hand. Die Tränen hatten sein Gesicht gerötet, was Michele aber nur durch die leichten Schwellungen um die Augen erkennen konnte, weil der Bereich direkt hinter der Bühne im Halbdunkel lag. Michele setzte sich zu ihm. Eine Weile saßen sie stumm nebeneinander. Man konnte die schöne Frau auf dem Foto bloß erahnen, aber Michele hatte es so oft gesehen, dass er sie bis ins Detail hätte beschreiben können. Irgendwann begann Ignazio erneut, die Geschichte zu erzählen. Wieder sagte er, wie sehr er sie liebte; er erzählte, dass sie ihr gemeinsames Kind verloren hatte und nie wieder hatte lachen können; er erzählte, dass er ihr versichert hatte, sie würden noch eines bekommen; er erzählte, dass nichts von alledem geholfen hatte; er erzählte, dass sie ihn am ersten Frühlingstag verlassen hatte. Und dann sagte er noch einmal, wie sehr er sie liebte.

Michele legte die Hand auf seinen Arm.
„Wir wissen nicht, wohin das Leben uns führt", sagte er sicher, „und wer weiß? Euch führt es vielleicht eines Tages wieder zueinander?"
Und dann sagte er noch: „Sie hat das Leben auch lieben gelernt, weil es dich darin gab."

Ignazio nickte und es brauchte kein Licht, um die tiefe Traurigkeit in seinen Augen zu sehen; sie war fühlbar. Seine Melancholie umgab ihn wie eine Schleierwolke und umklammerte die Sinne eines jeden, der es zuließ, sie zu spüren. Lange saßen sie so zusammen und es war, als wären sie in ein Zeitfenster gefallen, in dem es weder Vergangen-

heit, noch Zukunft gab. In der Gegenwart gefangen erhoben sie sich erst, als sie hörten, wie jemand den Garderobenraum betrat.
„A dopo“, Ignazio klopfte Michele aufs Knie und erhob sich zuerst.

Im Theaterarchiv.

Nach Dienstschluss kamen Christoph und Julia vorbei, um Michele bei der Archivierung des Theatermaterials zu helfen.
Was sich nach einem prestigeträchtigen Job anhörte, bestand in Wahrheit aus Kistenschleppen. Weil seine Chefin sich doch anders entschieden hatte, wurden alle Kisten nun ins Dachgeschoß gebracht und dort vermutlich erst einmal stehen gelassen bis sich ein Praktikant finden würde, der genug Zeit zu haben hatte, um jedes einzelne Programmheft, jedes Foto und jeden Theaterzettel zu archivieren.

Gemeinsam trugen sie die Kisten hinauf. Als die beiden Männer schon die zweite Ladung brachten, fanden sie Julia über einer der Kisten. Sie hielt zwei der Fotos in der Hand und stöberte nach weiteren.
„Ich wusste, du würdest eine öffnen. Ich dachte nur, du hältst wenigstens bis zur zweiten Fuhr durch", grinste Michele.
Julia lächelte ihn an und winkte die beiden her.
In ihren Händen hielt sie mehrere Schwarz-weiß-Fotos der gleichen berühmten Schauspielerin.

Michele nahm ihr das Bild aus der Hand. Er drehte es um und sagte dann: „Sie ist jung gestorben. Woran, weiß niemand so genau. Man hat sie aus dem Fluss gezogen."
„Was sie wohl gefühlt hat?", sprach Julia ihre Gedanken laut aus.
„Ich glaube nicht, dass ihr Leben sehr erstrebenswert war. Damals brauchte man noch einen Mäzen, einen Gönner. Und für Frauen bedeutete das, dass sie auch mit ihm ins Bett mussten. Eine Schauspielerin unterschied wenig von einer Dirne", sagte Michele.
„Wahrscheinlich hatte sie einen alten Knacker, der ihr gerne die Zehen abschleckte", Christoph riss die Augen auf.
„Igitt – Christoph!", Julia lachte, „kannst du nicht einmal ernst bleiben?"
„Ihre Geschichte ist vermutlich sehr traurig ausgegangen", Michele hielt Christoph das Foto hin, „nun überrasche uns, Meister der

Drachengeschichten. Wie ist ihre Geschichte wirklich ausgegangen? Die Version, die nur du kennst?“

Christoph räusperte sich. Im verstaubten Dachgeschoss des Theaters begann er, zu erzählen, dass die Schauspielerin irgendwann gemerkt hatte, dass sie schwanger war. Von einem jungen Soldaten, in den sie sich verliebt hatte. „Erst hatte sie Angst“, fuhr er fort, „aber dann erinnerte sie sich daran, dass es im Norden ein Feenvolk gab, das alle kleinen Kinder, die keinen Platz in der Welt haben sollten, zu sich nahmen. Ohne jemandem etwas zu sagen, packte sie ihre Koffer und wollte sich auf den Weg machen. Aber ein Feenvolk findet man nur mit Hilfe von Magie. Sie konnte nicht einfach mit einem Zug hinreisen. Also nahm sie den rosa Glücksdrachen Fuchur, mit dem sie bis hinauf in die Sterne flog. Im hohen Norden angekommen, brachte sie ihr Kind zur Welt. Das Feenvolk erschien eines Nachts, um das Kind mit in ihr unsterbliches Volk zu nehmen. Der Glücksdrache aber sah die Tränen der Schauspielerin und erschuf ihr rosa Flügel, damit sie ihrem Kind mit den Feen nachreisen konnte. Bevor sie vom Boden abhob, ihrem Kind und den Feen nach, fertigte er eine Figur von ihrem Körper an, den die Polizei zwei Wochen später im Fluss finden sollte, damit niemand auf die Idee kam, ihr zu folgen und das Geheimnis der Feen und ihrer Unsterblichkeit zu entdecken. Am Geburtstag des Kindes, es ist der Tag der Sommersonnwende, glitzern und tanzen die beiden, Mutter und Kind, gemeinsam am Himmel. Wir Sterblichen glauben, es sind Sternschnuppen, denn der Drache Fuchur ist der einzige, der die Wahrheit kennt. Und ich natürlich“, schloss er.

Christoph legte das Foto zurück in die Kiste und Julia schloss den Deckel.

„Das ist eine wunderschöne Geschichte“, sagte Julia, „ich bin sicher, genauso ist es gewesen.“

Die Verführte.

Der Schnee fiel sanft auf den eiskalten Pflasterstein. Nichts regte sich in den Straßen um sie herum. Ihre Füße waren kalt und klamm, weil das Eis sich unbarmherzig seinen Weg durch den Stoff bahnte. Heute Nacht war ihr kleiner Bruder gestorben. Sie hatte nachgerechnet. Er war 8 Tage und 9 Stunden alt geworden. Ihre Lippen waren aufgeplatzt, als die Kälte an ihnen zerrte. Mit vor Hunger trüben Augen blinzelte sie ihrem Ziel entgegen. Menschen wandten sich nicht nach dem Mädchen um, das zitternd durch den Schnee stapfte, unfähig, auch nur eine einzige Träne mehr zu vergießen, die auf ihren roten Wangen sofort zu Eis erstarrt wäre. Sie blieb alleine in einer Menge Menschen. Und sie ging an den einzigen Ort, der ihren Kummer lindern konnte. Auf den Namen Maria getauft, hätte man meinen können, sie stapfe auf die Kirche zu, doch ihre Schritte näherten sich einer verborgenen Welt, die ihre Fantasie beflügelte und sie von Zeit zu Zeit aus der Trauer der Wirklichkeit führte.

Maria kletterte unbeholfen auf einige Holzkisten, die sie in einer Seitengasse zu einer notdürftigen Treppe geschichtet hatte, um durch das Fenster blicken zu können. Die Scheiben waren ein wenig trüb, doch aus dem Inneren leuchtete ihr eine andere Welt entgegen, die voller bunter Stoffe und exotischer Hüte, verwunschener Masken und glänzender Schminke war. Vor ihren Augen kleideten sich die Künstler an, sie betupften ihre Gesichter mit Farbe, schlüpften in ihre Rollen und wiegten sanft den Kopf, wenn sie ihren Text rezitierten. Obwohl sie nichts hören konnte, war diese Szene für sie voller Lachen und Lebensfreude. Maria biss sich auf die Lippen und stellte sich auf die Zehenspitzen, um zu sehen, was die Hauptdarstellerin heute Abend trug. Sie stand wie immer an ihrer Kleiderstange, den Körper durch ein hellrosa Korsett geformt, die Lippen in rote Farbe getränkt. Sie wiegte kokett die Hüften, ließ sich von den Männern betrachten und schien in diesem Spiel der Angelpunkt zu sein. Sie war eine Liebende, eine Heldin, eine Göttin. Das alles sah das Mädchen in ihr und sie hatte sich immer gewünscht, nur ein einziges Mal in ihrem Schein stehen zu dürfen. Sie wollte ebenso strahlen, ebenso wunschlos glücklich und ebenso begehrt sein, obwohl sie zu diesem Zeitpunkt noch nicht wusste, was das hieß. Sie wollte in ihrem Traum leben und die Wirklichkeit für immer vergessen.

Aber sie sollte noch einen langen Weg bis dorthin haben – und als Wien in all seiner Pracht vor ihr lag, hatte sich alles verändert. Im Spiegel blickte ihr eine Frau entgegen, die verletzt worden war, enttäuscht und benutzt, die aber das Spiel des Lebens nun besser beherrschte, als alle anderen. Ihr Körper hatte nun die Macht, seine Reize zu ihren Gunsten einzusetzen. Männer waren für sie Liebhaber und Gönner, aber keine Geliebten mehr. Und das kleine Mädchen war mit all seinen Träumen aus ihrer Welt verschwunden.

Ihre Füße hatten die Risse, die die Kälte in ihrer Jugend darauf verursacht hatte, durch Cremes und Schminke abgelegt. Ihr Körper, der so oft vor Hunger abgemagert gewesen war, war ihr Trainingsgerät geworden, ihr Kapital. Sie presste ihre Rippen in die engsten Korsetts, verschloss sie mit den eisernen Ösen. Mit der Zeit stellte sie sich vor, dass sie gleichsam ihr Herz hinter dem Korsett verschloss. Es gab ihr ein Gefühl der Stärke, zu wissen, sie konnte es frei legen und abschotten, wie es ihr beliebte. Denn das Spiel der Macht erlaubte kein Gefühl. Es gestattete nur ihren Brüsten ihre Wirkung zu tun, ihren Kurven, die Männer, die ihr gewogen sein sollten, auf ihre Seite zu ziehen. Wie alle anderen Schauspielerinnen hatte sie einen Gönner. Es war ein älterer Mann, den es bereits erregte, wenn sie ihm ihre Knie zeigte. Er kam aus einer anderen Zeit, in der es noch unmöglich gewesen war, einen Körperteil einer Frau zu betrachten, der unter allen Röcken verborgen lag. Aber wenn man reich war, konnte man sich derart delikate Vergnügungen leisten. Er machte davon Gebrauch, sooft er wollte, weil sie von ihm abhängig war.
Immer ließ er ihr Geld zurück, auch manchmal eine Flasche Wein oder einen Strauß Blumen. Wenn er gegangen war, nahm sie es an

sich und legte es in eine kleine Schatulle, in deren Deckel eine getrocknete Rose eingelassen war, hinter Glas verschlossen. Es war das einzige Andenken an ihre Kindheit, das ihr geblieben war. Das – und ein kleines Medaillon, dessen Inneres ein Bild ihrer Mutter enthielt. Manchmal wünschte sie, sie könnte sie sehen auf den Bühnen dieser Welt. Aber stets beschlich sie dann auch das Gefühl, dass sie darüber weinen würde, was geschehen war. Sie legte das Medaillon zurück in die Schatulle und verschloss sie. Was zählte, war, zu überleben. Der Rest, das, was Träumer als „Lebensglück" bezeichneten, war nur eine Illusion für alle, die zu schwach für die Realität waren.

Wenn sie die Rollen oft genug gespielt hatte, war sie nicht mehr ausschließlich auf der Bühne. Dann ließ sie stets den Blick schweifen über die ersten Reihen des Publikums, die weit geöffneten Augen, die weißen Handschuhe der Herren und ihre Blicke. An diesem Abend fiel ihr ein junger Mann auf, der neben ihrem Gönner saß. Er hatte die Augen seines Großvaters, aber in seinen Gesichtszügen glänzte noch die jugendliche Naivität zu denken, sie spielte nur für ihn. Sie schenkte ihm während der Aufführung manchmal einen kurzen Blick. Als er aufgrund dessen einmal verschämt in seinen Schoß sah, wusste sie, sie hatte ihn gewonnen. Wie einfach es doch gewesen war. Nach der Aufführung stand er in ihrer Garderobe. Er war blutjung. Der Strauß in seinen Händen zitterte. Sie verwickelte ihn in ein Gespräch, nahm ihm Blumen, Spazierstock und Mantel ab und genoss den Anblick des ihm bisher unbekannten Gefühls der Erregung, das sich in seinen Zügen abzeichnete. Wenn sie ihm körperlich nahe kam, hielt er den Atem an, als sie ihren Seidenmantel über die Schultern zu Boden gleiten ließ, wurde sein Gesicht blass. Er blickte zu Boden und wich ein Stück zur Türe zurück. Sie aber folgte ihm, berührte ihn, ließ ihn nicht gehen und ihre Umarmungen überredeten ihn schließlich zu versuchen, wovon so viele andere in seinem Offiziersbataillon schon gesprochen hatten.

Als sie für die nächste Vorstellung ein Korsett probierte, konnte sie die Ösen am Unterbauch nicht zusammenschließen. Sie hob den

Kopf und sah ihr verängstigtes Gesicht im Spiegel. Zwei Tage lang überlegte sie, was zu tun war. Am Abend, wenn sie das Licht gelöscht hatte, strich sie manchmal über die kleine Wölbung und erlaubte sich zu lächeln. Sie stellte sich vor, wie er sich über die Nachricht freuen würde und als er das nächste Mal bei ihr war, sprach sie aus, dass sie ein Kind erwartete. Seine Augenbrauen zogen sich zusammen. Er sagte nur: „Ich verstehe" und verließ ihre Garderobe. Stumm blieb sie zurück. Irgendwann erhob sie sich und trat an den Spiegel. Sie sah ihre Falten, ihr verbrauchtes Gesicht, ihren Körper, der zu viel gefühlt hatte, als dass er jemals jemanden halten könnte, der das Leben noch vor sich hatte. Am Nachmittag wurde ein Brief für sie abgegeben. Er enthielt Geld und ein paar Zeilen, dass der Soldat G. ins Grenzgebiet versetzt würde.

Den Weg zur Brücke ging sie alleine. Es schneite. Ihre nackten Füße schmerzten vor Kälte, unter ihrem Pelzmantel fror sie. Das letzte, was sie sah, waren die erleuchteten Fenster der Kaserne. Man sagte später, die große Schauspielerin war überfallen worden, da sie keine Schuhe getragen hatte, als man sie am nächsten Morgen aus dem eisigen Wasser zog. Manche sagten, sie sei ertrunken. Manche sagten, sie sei an einem gebrochenen Herzen gestorben.

Verona.

Es war die Nachtigall und nicht die Lerche, die eben jetzt dein banges Ohr durchdrang.

- *William Shakespeare*

Meine Lippen waren wie Pilger, ja, an einem Ort, der mir sehr vertraut vorkam. Ich stand in einem Innenhof. Über mir öffnete sich der Nachthimmel. Wie so oft begann ich, die Sterne zu zählen. Meine Zehen konnte ich nicht fühlen, denn mein Körper war mit dem steinernen Boden verwachsen. Wie eine Meerjungfrau blieb ich vom Nabel abwärts gelähmt. Das Ende des Steinschweifs verwuchs mit dem Boden. Ohne die Möglichkeit, mich zu bewegen, ohne Licht, abgesehen von jenem der Sterne über mir, verharrte ich und wartete. Dann schob sich eine gigantische Wolke vor die Sterne und ich fürchtete den Regen. Aber die Wolke trug keinen Regen. Es war ein riesenhafter Vogelschwarm, der mir die Sicht versperrte. Erst wiegten sie sich sanft im Wind, dann wurde ihr Flügelschlag aggressiver. Sie waren alle schwarz, sodass ich keine Formen ausmachen konnte. Nur die schnellen Bewegungen ihrer Flügel konnte ich wahrnehmen. Irgendwann verlor einer eine Feder, die zu mir herabsegelte. Mein Blick verfolgte den kleinen schwarzen Streifen, bis er sanft den kalten Stein berührte. Es fiel eine zweite Feder daneben. Nach und nach wurde der Boden mit schwarzen Federn bedeckt. Ich neigte mich vor, um eine aufzuheben, aber sie hoben sich mir entgegen, bis sie alle auf der Spitze standen und zu einem seltsamen Tanz ansetzten. Es war, als schwebten sie, getragen von einer unsichtbaren Macht in einem Rhythmus, den ich nicht erkennen konnte.

Sie raschelten unheilvoll, während sie sich drehten. Wenn ich sie berührte, fühlte ich Pergament.
„Ich hätte dich mit Ophelia im Fluss erwartet", sagte er, als er durch das Rascheln auf mich zuschritt.

„Weshalb mit ihr?“, fragte ich, während ich das Schauspiel um mich herum nicht aus den Augen lassen konnte.
„Du bist melancholisch. Du bist hilflos. Und manchmal bist du verloren in einem Traum.“
„Ich habe meine Worte doch nur machen lassen, was meine Lippen längst taten“, entgegnete ich.
„Oh, nein. Ich sprach vom Beten“, erinnerte er mich.
„Ich habe auf meine Art gebetet“, sagte ich.
Er lächelte: „Ja, küssen. Schmecken, jede Pore der Leidenschaft in sich aufnehmen; an ihr vergehen, so köstlich wie sie schmeckt.“
„Du hast mich gelehrt, wie es sich anfühlen sollte.“

Er nahm eine Feder an sich. Seine Finger strichen über den reglosen Stein, bis sie die Kante zu meiner Haut überschritten. Er zeichnete die Linie meiner Taille nach, umkreiste mit den Fingerkuppen mein Schlüsselbein, spielte auf den Adern meines Halses wie auf einem Saiteninstrument und ließ dann seinen Daumen auf meiner Unterlippe zum Liegen kommen.

„Du bist so durchschaubar. Dass ich dich hier finden konnte. Mit deinem ganzen Wunsch nach Schreiben. Nach der Liebe und deiner Konfusion von beidem. Es ist, als hätte ich dich selbst geschrieben, so gut kenne ich dich.“
„Ja, du hast mich erschaffen“, sagte ich sicher und hielt ihm das Handgelenk hin, „du weißt, wo du mich finden kannst.“
Er setzte die Feder an. Mit dem ersten Schnitt öffnete sich ein kleiner Spalt, dem winzige blaue Tropfen entstiegen. Die Feder wanderte weiter, ließ Kreise aus Sternenstaub hervortreten.

„Tue ich dir weh?“, fragte er, als er in der Armbeuge angelangt war, aus der ein Rinnsal blauen Blutes floss. Er verrieb einen Teil davon auf meiner hellen Haut.
„Blau. Es ist deine Farbe.“
„Eine Ehre“, entgegnete ich und ließ ihn nicht aus den Augen.

Der Schnitt wurde breiter je näher er der Körpermitte kam. Es trat noch ein Sandwirbel daraus hervor, dann legte er meine Rippen offen, auf denen winzige Notenschlüssel zu sehen waren. Die rote Masse darunter bewegte sich mit dem Herzschlag.
„Schmerzt es dich?", fragte er noch einmal.
„Jedes einzelne Mal."
„Die Liebe? Das Schreiben? Die Angst zu versagen?"
„Alles das."
„Dir kann nichts geschehen. Ich kenne dich in- und auswendig."

Unter der Federspitze brach mein Brustbein entzwei. Die Teile fielen wie Scherben auf den Boden. Sie klangen hell, als sie zu seinen Füßen aufschlugen. Da leuchtete es in seinen Augen. Die Überraschung stand ihm ins Gesicht geschrieben, als er es sah. Dann kniff er die Augen zusammen. Ich wusste, weshalb.
„Du kannst nicht alles lesen, nicht wahr?"
„Nein", gab er leise zurück.
„Manches muss dir verborgen bleiben", erwiderte ich, „ich muss weiter."
Seine Fingerkuppen streiften über die winzig kleine Inschrift. Er neigte sich vor, um die Buchstaben entziffern zu können.
„Es ist unglaublich."
„Wirst du mich fertig schreiben?", fragte ich. Gebannt blickte er auf die Inschrift.
„Ich", stotterte er, „ich kann es nicht …"
Die Federn hatten aufgehört zu tanzen. Ein Schreck fuhr ihm in die Glieder, als er einen Ton vernahm.
„Es war die Nachtigall", beruhigte ich ihn, „nicht die Lerche."
Aber er legte die Hand über mein Herz, sah mich sicher an und sagte: „Es war die Lerche, die eben jetzt dein waches Ohr durchdrang."
„Willst du mich nun so unbefriedigt verlassen?", fragte ich und packte die Lerche am Schwanz, als sie über mir vorbeiflog.
„Welche Befriedigung kann ich dir geben?", erwiderte er. Wieder erklang der Ton und er zuckte zusammen.

„Schreibe mich fertig“, bat ich ihn, „lass mich zu deiner Geschichte werden. Schenk mir ein Stück Unsterblichkeit. Ich brenne darauf zu wissen, wie es sich anfühlt.“
„Ich werde es versuchen“, er nahm meine Hand und strich so lange darüber bis ich die Lerche losließ. Dann wandte er sich um.
„A thousand times good night“, sagte er noch.

Ich blieb zurück. Es war das erste Mal, dass jemand mein Herz gesehen hatte. Endlich begann es zu regnen und die Federn verschwammen zu pechschwarzen Tintenflecken.

10. Kapitel

In einem kleinen Café.

Julia umarmte ihren kleinen Bruder Laurenz zur Begrüßung.
„Wie geht es dir? Wir haben uns so lange nicht gesehen!", sagte sie.
„Gut, danke. Alles bestens. Das Studium ist jetzt wirklich fast fertig."
Er bestellte einen Soja Latte und Julia dachte sich nicht zum ersten Mal, dass ihr kleiner Bruder wohl der einzige Mann auf dieser Welt war, der Soja Latte trank. Wenn es verfügbar war, auch noch mit Karamellsoße.
„Also – irgendwelche Ideen für den Hochzeitstag unserer Eltern?", fragte er dann.
„Ich weiß es diesmal wirklich nicht. Schenken wir ihnen etwas für den Garten, das können sie immer gut brauchen."
„Du meinst, so wie den Heidelbeerstrauch, den du dann gleich getötet hast?", neckte Laurenz sie.
Sie lachte: „Ja, genau! An so etwas habe ich gedacht!"
„Sehr schöne Idee. Brombeere diesmal?"
„Wäre einen Versuch wert", sie grinste und nippte an ihrem Cappuccino.

„Gut, ich werde trotzdem noch zum Baumarkt schauen. Vielleicht finde ich da irgendetwas Langlebigeres."
„Ja, es wäre super, wenn du das diesmal übernimmst. Ich habe gerade irgendwie nicht den Nerv dafür."
„Ist etwas passiert?", fragte Laurenz ernst.
„Nein. Und ja. Francesco und ich sind ein Paar. Und wir sind gerade dabei zu überlegen, ob wir zusammenziehen."
„Das ist wundervoll! Schön zu hören!", er schleckte sich die Lippen, als sein Latte am Tisch ankam, „nimm ihn doch mit zur Feier!"
„Meinst du? Ist es nicht etwas zu früh?"
Er wedelte mit der Hand, während sich eine Schaumkrone an seiner Oberlippe bildete: „Nimm ihn mit."
„Da ist noch etwas", sagte sie dann, „Emma hat zu schreiben begonnen. Sie ist schon seit einer Weile weg."

Sein Blick versteinerte ein Stück weit, als der Name ihrer Freundin fiel.
„Ach ja?“, sagte er nur und sah ihr nicht in die Augen.
„Ich wollte es nur sagen, weil es mich beschäftigt. Ich wollte dich nicht kränken“, sagte sie und legte ihm die Hand auf den Arm.

„Du kränkst mich nicht“, gab er zurück, „es scheint schon ewig lange her zu sein.“
„Ich wünschte, es wäre damals alles anders gekommen“, sagte sie nur.
„Was denn? Dass sie mich nicht nur als ihren Alibifreund benutzt hat, den sie endlich mal wieder ihren Eltern vorstellen konnte? Oder als sie an meinem Geburtstag unbedingt diese wichtige, lebensverändernde Reise nach Paris machen musste, weil irgendein seit Ewigkeiten toter Schriftsteller zufällig auch hunderttausendsten Geburtstag hatte?“, Laurenz schüttelte den Kopf.

„Es tut mir leid. Sprechen wir über etwas anderes“, Julia schlug die Karte auf, „welche Mehlspeisen nehmen wir?“
„Weißt du, von dieser Reise hat sie nachher geschwärmt und jeder hat sie um ihre Unabhängigkeit beneidet. Aber für mich hätte es die Welt bedeutet, wenn sie auf dieser Party, bei mir, gewesen wäre. Ich war real. Die Liebe zu ihr war es. Und an einem bestimmten Punkt hatte ich auch das Gefühl, es war real für Emma. Das habe ich nie verstanden.“
„Hast du ihr das je gesagt?“, fragte Julia.
„Ich habe ihr gesagt, dass ich das nie verstehen werde. Dass sie mich damit wirklich verletzt hat. Und dass ich sie liebe.“
Eine Weile schwiegen sie, während Laurenz die Ränder der Serviette abzupfte, auf der der Soja Latte stand.
„Was hat sie gesagt?“, fragte Julia leise.
„Dass wir kein gemeinsames Leben haben können. Und dass es ihr leidtut.“
Er seufzte und schüttelte dann noch einmal den Kopf.

„Es ist so lange her“, sagte er, „lass uns über die Strauchauswahl für unsere Eltern nachdenken, gut?“
„Einverstanden. Aber davor bestelle ich uns noch eine Topfentorte. Und eine Sachertorte. Und, warte, auch einen Apfelstrudel“, Julia winkte dem Kellner.

In der Lindenstraße 5.

Michele beobachtete Christoph, der Isabella beobachtete. Dabei kam Michele sich wie ein Forscher vor, der seltene Arten auskundschaftete.

Er sah dabei zu, wie sie sich immer wieder eine Strähne aus dem Gesicht strich, die sie sich auch mit einer Spange hinter dem Ohr hätte festklemmen können, aber etwas an dieser Bewegung gab ihr eine ruhige Eleganz, die Christoph schier wahnsinnig werden ließ. Sie kümmerte sich nicht darum, dass ein kleiner Fleck Marmelade an ihrer Unterlippe haften geblieben war. Obwohl ihre Zunge immer wieder die Oberlippe abstrich, ließ sie das kleine, klebrige bisschen Erdbeermarmelade auf der Unterlippe unberührt. Sie hatte die Beine in ihren kurzen weißen Shorts wie im Yoga-Sitz auf dem Sessel und sprach unentwegt von einem Mann, der sie freitags in der Bar zum Tanzen aufgefordert hatte. Obwohl Michele vorgab, in die Zeitung vertieft zu sein, gab er sich schließlich dem Schauspiel hin, das vor ihm geschah. Christoph rutschte nervös auf seinem Sessel herum; seine Augen unablässig auf die rote Erdbeermarmelade gerichtet. Unterbewusst schleckte er sich selbst viel öfter die Lippen ab als es nötig gewesen wäre. Und die Strähne, die immer wieder in ihr Gesicht fiel, versetzte ihn in einen Zustand permanenter Aufregung. Es war, als wollte er hingreifen und ihr die Strähne einfach selbst hinter das Ohr schieben oder auch ausreißen – nur, damit dieses Spiel aufhörte.

Irgendwann stand Isabella auf und bückte sich, um die Servietten aus dem untersten Fach der Anrichte zu holen. Ihre Shorts konnten nur den oberen Teil ihrer Pobacken verdecken und ließen wenig Raum für Fantasie.

„Es liegen schon Servietten auf dem Tisch", sagte Michele trocken und hielt ihr eine hin. Christoph blickte verstohlen in ihre Richtung.

„Ach so. Danke!", Isabella schenkte ihm ein Lächeln. Für einen Augenblick aber huschten ihre Augen zu Christoph. Klar, sie wollte sichergehen, dass er sie angesehen hatte.

Christoph stand auf und räumte sein Geschirr in den Geschirrspüler. Sonntags ging er immer zu seiner Familie.
„Bis dann", murmelte er, als er die Küche verließ.
„Christoph?", fragte Isabella und er wandte sich noch einmal um, „kommst du am Samstag mit zur Party?"
„Hm, ja", sagte er nur kurz.
„Das wäre wirklich super! Ich möchte dort nicht so ohne Begleitung auftauchen. Wäre toll, wenn du mitkommst!"
„Hm, ja", sagte er noch einmal, dann ging er.

„Es ist nicht fair von dir. Aber das weißt du vermutlich ohnehin", sagte Michele, als Christoph verschwunden war.
„Was?", fragte sie und wischte sich die Erdbeermarmelade von der Lippe.
„Du weißt genau, dass er mehr für dich empfindet. Und du weißt genau, was du für eine Wirkung auf ihn ausübst", präzisierte Michele.
„Christoph hatte auf diesen Partys auch seinen Spaß", gab sie zurück.
„Das ist etwas anders."
„Nein", sagte sie, „ist es nicht."
Sie stand auf und holte Milch aus dem Kühlschrank.
„Es ist doch gut so wie es ist", meinte sie dann.
„Tu ihm nicht allzu sehr weh", entgegnete Michele.
Sie runzelte die Stirn: „Ach? Emma und du und Julia, ihr dürft eure magischen Momente haben. Aber ich nicht. Ich muss aufpassen, dass ich niemandem weh tue. Wahrscheinlich bin ich nicht so „magisch" veranlagt, was?"
„Zynismus steht dir nicht", gab er zurück und legte die Zeitung hin.
„Ach nein? Dann erkläre mir bitte einmal, weshalb ich dieses Spiel nicht spielen darf. Ja, ich bin gerne auf Partys, wo ich mit Männern flirte. Na und? Das macht doch jeder andere auch. Und nur, weil Emma es in ach so tolle Worte verpackt, darf sie und ich nicht?"
„Du hast mich falsch verstanden. Spiele das Spiel. Alles okay. Aber nicht mit Christoph. Er mag dich wirklich."

„Ja, danke, dass du mich darauf aufmerksam machst!", sie pappte sich noch Marmelade auf ihr Brot und verstrich sie ärgerlich.
„Warum bist du so verärgert?", fragte Michele.
„Lassen wir das jetzt. Aber ich will in nächster Zeit kein Wort über Emma hören. Schriftsteller, Schauspieler, Maler, alle diese romantischen Helden, können mir sowas von gestohlen bleiben!", fauchte sie.
„Niemand hat dir irgendetwas getan", sagte er ruhig.

„Du denkst, ich bin herzlos, oder? Du denkst, ich tue Dinge einfach nur so, ohne dass etwas „für immer bleibt" oder ganz wundervoll farbenprächtig ist oder sonst etwas! Aber weißt du was? Auch ich habe eine Vergangenheit. Und ich habe beschlossen, dass Künstler den anderen Menschen möglichst fernbleiben sollten. Sie sollen ihren Zirkus für sich behalten!"
„Was ist passiert?", fragte er nur.

Sie biss in ihr Brot und antwortete nicht. Nachdem sie die Hälfte gegessen hatte, füllten sich ihre Augen endlich mit Tränen.
„Es tut mir leid", sagte sie, „ich verstehe, was du mir sagen möchtest. Du hast Recht, dass ich das mit Christoph endlich klären muss. Du musst nur wissen, dass ich hierher gekommen bin, weil ich Abstand gebraucht habe. Ich bin bei euch eingezogen, weil ich mich von jemandem verabschieden musste. Von jemandem, den ich an seine Träume verloren habe", sie schlug die Hände vors Gesicht, „ich dachte, ich hätte ihm das Leben gerettet, weil ich alles aufgeschrieben habe. Aber das war nicht so. Die Nachricht, dass er an einer Überdosis gestorben ist, erreichte mich zwei Jahre später. Geschichten können manchmal heilen. Aber sie können uns nicht retten. Und ich hoffe, dass Emma das weiß. Ich hoffe, wir sehen sie bald frisch und munter wieder. Und sie soll endlich wieder Paella kochen", sie lachte, aber immer noch flossen Tränen über ihre Wangen, „scheiß auf das Buch. Scheiß auf die Philosophen-Emma. Ich will die Emma, mit der ich lachend am Badezimmerteppich sitze, während wir uns fürs Ausgehen schminken. Eine Emma, die nicht irgendeinen toten Schriftsteller

zitiert, sondern so kurze, weise Sätze von sich gibt wie: *Be with someone who ruins your lipstick, not your mascara.* Emma ist Schriftstellerin, ja. Aber weißt du was?" Sie wischte sich die Tränen von den Wangen und sah Michele fest an: „Sie ist noch viel mehr als das."

Die Reisenden.

Die erste Erinnerung, die sie an Anna hatte, war Neid.
Sie hatte das schöne, dunkelhaarige Mädchen gehasst, das nur mit den Wimpern klimpern musste, um einen der Jungen zu überzeugen, sie küssen zu wollen.
Später dann musste Anna sich nach der Disco niemals ein Taxi zahlen, denn sie fuhr kein einziges Mal alleine nach Hause.
Und dann, auf der Uni, wurden ihr alle Mitschriften förmlich nachgeworfen, als wäre es eine Auszeichnung der eigenen Mitschrift, einmal von der Schönen angeblickt worden zu sein.
Unnötig zu sagen, dass sie immer in Annas Schatten stand und dass sie nur manchmal einen kleinen Glanz abbekam, wenn sie gemeinsam unterwegs waren. Am Ende waren sie Freundinnen, wie man in der Schule eben Freundinnen hatte, die man auf die Uni mitnahm.

Aber um das Spiel der Eitelkeiten ertragen zu können, gab es Gott sei Dank Paul, ihren Nachbarn. Mit ihm saß sie im Garten und aß Eis, wobei sie sich stundenlang über Mangas unterhalten konnten. Sie machten Wettschwimmen im Fluss und sahen jeden Kinofilm, der eine Nachmittagsvorstellung hatte. Und sie sprachen auch über Kunst. Paul war besessen vom Wunsch, eines Tages Künstler zu sein. Er liebte den Gedanken, durch etwas so simples wie Farbe sein ganzes Innenleben ausdrücken zu können. Eines Tages, versprach er ihr, würde er ihre Seele malen können.

Es kam wie es kommen musste. Eines Nachmittags tauchte Anna unangekündigt bei ihr auf. Paul und sie saßen gerade im Garten bei Hollunderspritzer, als ihre Freundin auf sie zukam. Anna bediente sich und stellte sich Paul vor. Sobald das Wort „Leidenschaft“ über ihre vollen Lippen geströmt war, sah sie, dass sie soeben ihren besten Freund an Anna verloren hatte. Wie Magneten zogen die beiden einander an und es dauerte nicht lange, da unternahmen Anna und

Paul als Paar etwas gemeinsam. Sie blieb zurück in ihrem Zimmer und verfluchte ihr Unglück.
Einmal sah sie die beiden von ihrem Fenster aus, wie sie sich eng umschlungen durchs Gras wälzten. Dann sprach Paul in den grellsten Farben nur noch von Anna und davon, endlich seine Inspiration gefunden zu haben. Aber der entscheidende Tag war der, an dem die Leinwände geliefert wurden. An diesem Tag hatte er beschlossen, fortan nur noch Künstler zu sein und seinen Leidenschaften zu folgen. Sie sah Paul kaum noch und auch Anna kam nicht mehr an die Uni. Die beiden hatten sich abgewandt. Die Mülltonne mit den Glasflaschen vor dem Haus war immer randvoll und manchmal gingen seltsame Gestalten im Nebenhaus ein und aus, über die die Nachbarn tuschelten.

Sie sah die beiden erst auf einer Party wieder und das, was sie sah, erschreckte sie zutiefst. In ihren Augen leuchtete nicht mehr die bekannte Abenteuerlust, die besonders Anna so verführerisch gemacht hatte, sondern es zeigte sich ein nervöses Funkeln darin wie ein giftiger Motor, der sie künstlich am Leben erhielt.
Wenn sie lachten, klang die Erschöpfung mit den eigenen Gefühlen durch.
Wenn sie sprachen, folgten sie nur einer inneren Logik, die der Zuhörende nicht verstand. Zu wirr waren ihre Gedankengänge, zu nichtssagend ihre Erkenntnisse daraus, zu schwer ihre Zunge, die die Worte zu einem undurchsichtigen Lallen verkommen ließ.
Sie aber fühlten sich wie die Könige des Ausdrucks, wie die Herrscher über von ihnen erst entdecktes Neuland.

So flogen sie dahin, angekettet an den Rausch und doch überzeugt davon, unendlich frei zu sein. Was sie sagten, verstanden nur sie selbst, aber sie waren sicher, dass die anderen nur nicht besonders genug waren, um ihre exklusive Welt betreten zu können. Und sie sprachen von den Geistern, die ihre Welt lebenswert machten und ohne die die Realität ihnen gestohlen bleiben konnte, weil die Menschen zu feig waren, um mit den Geistern zu fliegen.

Ihr Blick zeigte ihr, dass sie in dieser Welt nicht willkommen war – dass sie sie dafür sogar verachteten. Das war der Augenblick, da es an ihr war, sich abzuwenden.

Sie zog schließlich um – weg von diesem Ort, weg von ihnen und weg von ihrem Neid auf etwas, das sie niemals hätte begehren sollen. Sie fand ihre Freude darin, ein bisschen gewöhnlich zu sein, auf Studentenpartys zu tanzen, der großen Inspiration fern bleiben zu dürfen.

Gerade bereitete sie sich aufs Ausgehen vor, da läutete es an der Türe. Im Glauben, ihr Mitbewohner hätte wieder seinen Schlüssel vergessen, öffnete sie. Es war Paul.
Was sie erschreckte, war nicht sein ungepflegtes Äußeres. Es war die Trübe in seinen Augen, aus denen Tränen der Anstrengung sickerten.
„Was willst du hier?", fragte sie überrascht.
„Darf ich hineinkommen?", fragt er.
Sie trat zur Seite und ließ ihn ins Wohnzimmer. Sein verwirrter Blick wanderte über die Möbel und Regale.
„Schön hast du es hier", sagte er matt.
„Setz dich. Ich bringe dir ein Glas Wasser."
„Hast du auch Gin?", fragte er.
„Ja. Aber nicht für dich. Setz dich hin."
Er lachte gekünstelt.
„Hast du dich schon einmal gefragt, wo all die schönen Erinnerungen hingekommen sind?", fragte er, als sie ihm gegenübersaß.
„Was meinst du?"
„Ich kann hier nicht bleiben. Anna und ich werden verfolgt. Aber wir wussten schon immer, wo wir hin sollten. Es ist Zeit, aufzubrechen. Und ich wollte mich von dir verabschieden. Ich werde dir schreiben, aber bitte versuche nicht, uns zu finden. Es ist eine wunderschöne kleine Stadt auf einem Hügel weit im Süden, dort, wo die Sonne aufgeht."
„Die Sonne geht im Osten auf", sie legte ihre Hand auf seine, „wir werden jetzt in ein Krankenhaus fahren, wo du dich behandeln lässt."

Er schüttelte den Kopf: „Ich muss nur dorthin, dann wird alles gut."
Sie begann zu weinen, weil sie es nicht ertragen konnte, ihn so zu sehen.
„Ich habe dir einmal versprochen, deine Seele zu malen", erinnerte er sie, „aber hier kann ich es nicht. Dazu muss ich an den Ort meiner Träume."
„Es ist mir egal, ob du meine Seele malen kannst", gab sie zurück, „du hast einen Platz in der Welt. Hier, bei mir."
Er hob die Hand und strich ihr zärtlich über die Wange.
„Das Leben gehört dir", sagte er noch, lächelte müde und erhob sich.
„Paul, bitte!", rief sie ihm nach, als er schon bei der Türe war. Sie hätte ihm an diesem Tag nachlaufen können, die Stufen hinunter, ihn in ein Taxi zerren und ihn dorthin bringen können, wo man ihm helfen konnte. Aber sie tat es nicht. Sie blieb, wo sie war und hoffte, er würde sein Paradies finden.

Den ganzen Abend lang weinte sie, dann nahm sie Blatt und Stift und schrieb zum ersten Mal in ihrem Leben eine Geschichte nieder. Sie schrieb in dieser Nacht aber auch davon, dass sie lernen wollte, Erinnerungen zu konservieren und für immer abrufbar zu machen. Allen Zynikern, die sagten, nichts sei für immer, antwortete sie: „Nein, nichts ist für immer. Aber nur die Menschen, die die schönen Augenblicke vergessen, haben nie gelebt. Die anderen nämlich werden das, was sie erlebt haben, wie einen Schatz bei sich zu tragen wissen – und dann ist alles für immer."
Als sie aufsah und hinter dem Glas meinte, Paul und sie auf dem Abschlussball tanzen zu sehen – ohne Rausch, ohne Geister – versprach sie ihm, diese Erinnerung für ihn zu bewahren bis er zurückkam.

Grodek.

Unter goldnem Gezweig der Nacht und Sternen
Es schwankt der Schwester Schatten durch den schweigenden Hain,
Zu grüßen die Geister der Helden, die blutenden Häupter;
Und leise tönen im Rohr die dunklen Flöten des Herbstes.
- *Georg Trakl*

Nichts rührte sich auf dem weiten Feld. Ein Geruch aus Dampf und Verwesung stieg mir in die Nase und mir wurde augenblicklich kalt. Ich wollte jemanden rufen; an einem Ort meine Stimme erheben, um mich zu vergewissern, dass es sie noch gab, aber sie gehorchte mir nicht. Ein kleiner Tropfen goldenen Lichts schwebte vor mir dem Nebel entgegen, der sich dicht und unendlich vor mir aufbäumte. Meine Finger versuchten, das Licht zu ergreifen, denn ich wusste, im Inneren befand sich meine Stimme, aber sie flog auf und davon. Aus der Ferne konnte ich einen Schrei hören, der mich tief erschütterte. Und da begann es. Mein Körper fühlte sich schwer an und zugleich widerstandslos. Mein Gehirn erreichten Rufe, von denen jeder einzelne eine versengte Stelle hinterließ. *Hässlich, fett, nicht genug* waren darunter; sie hallten unendliche Male wieder, zersprangen an der Wand meines Gedächtnisses und barsten in tausende Nadeln, winzig kleine Reißnägel.

Instinktiv schlang ich die Arme um den Körper, um meine Haut vor den Einstichen zu schützen. Jeder Stich durchdrang mich bis ins Innere; fügte mir unbeschreibliche Schmerzen zu und doch sah ich kein Blut. Panisch betastete ich meine Haut, schnappte nach Luft, versuchte mich zu erheben, aber es half nichts. Die Worte waren da; sie trafen jedes einzelne Mal und sie wollten mehr. Als die Stimmen abebbten, veränderte sich der Ton in ein monotones, schrilles Pfeifen. Obwohl ich die Hände vor die Ohren schlug, schallten die Laute weiter; ein verhundertfachtes Echo dröhnender Wellen. Die Schallwellen vibrierten über meiner Haut, sodass sie ihre Oberfläche aufrissen. Lange Risse schlängelten sich über meinen Körper, die wie Blitze in mein Herz schossen und meine Fußnägel aufspringen ließen.

Ich stolperte über das Feld, dessen Nebel unbarmherzig auf meine Sinne drückte. Meine von Rissen übersäte Haut trocknete langsam und zog sich zusammen. Ich öffnete den Mund, um vor Schmerz zu schreien, aber kein Laut entwich meiner Kehle. Noch immer regneten die Worte auf mich ein. *Nicht gut genug* zerbarst neben meinem Auge, wodurch es einen schwarzen Fleck in meiner Sicht hinterließ, den ich mit mir forttrug. *Versager* drang mit einer Eisenspitze in meinen Bauchnabel, sodass ich fühlen konnte, wie es an meinen Gedärmen kratzte. Ich blickte an mir herunter und konnte noch immer kein Blut sehen.

Als ich ihn sah, stand er schon fast vor mir, denn der Nebel hatte ihn seinen ganzen Weg über verborgen gehalten. Erleichtert stellte ich fest, dass er einen Arztkittel trug. Aber seine Kleidung war in Blut getränkt. Er trug die Arme zitternd vor dem Körper ausgestreckt und in seinen Augen spiegelte sich die Hilflosigkeit, die ich empfand.
„Ich konnte ihnen nicht helfen“, sagte er tonlos.
Ich begann zu weinen, obwohl ich nicht wusste, wen er meinte.
„Du bist in der Hölle angekommen“, fuhr er dann fort, „das hier ist die Hölle.“
Er schlug die Hände vors Gesicht und fiel auf die Knie. Ich kniete mich neben ihn und griff ihm auf die Schulter, um ihn zu beruhigen, aber er zuckte von mir weg.

„Siehst du die Angst? Riechst du den Schmerz? Schmeckst du die Hilflosigkeit? Es gibt nichts Anderes als das. Hier gibt es nichts für dich“, sagte er.
Dann zog er aus seiner Manteltasche ein kleines Kristallfläschchen hervor.
„Du musst so etwas bei dir tragen. Sonst verlierst du dich hier. Siehst du?“, er hielt das Fläschchen vor seine Augen und schwenkte den kleinen Rest der Flüssigkeit darin, „meines ist fast leer. Ich habe alles

aufgebraucht, um am Leben zu bleiben. Jetzt kann ich diese Erinnerung noch einmal ansehen. Dann muss ich gehen. Es gibt keine Welt mehr für mich außerhalb des Schmerzes."

Sofort, als er die kleine Flasche öffnete, entwich ihr ein Dampf, der bunte Farben in sich trug. Sie verdichteten sich zu einem Bild. Als es zwischen uns schwebte, bewegten sich die Menschen darauf. Da war eine lachende junge Frau, ein Mädchen fast noch, die über die Wiese lief. Sie ließ sich im hohen Gras nieder und empfing einen jungen Mann, der neben ihr auf den Boden sank. Erst berührte er ihre Lippen nur sanft, als wäre er nicht sicher, ob es erlaubt war. Ich sah, wie er ihr Kleid bis zum Ansatz der weißen Strümpfe hochzog, dann blickte ich beschämt zu Boden. Um woanders hinsehen zu können, sah ich ihm in die Augen. Tränen standen darin, als er die Hand ausstreckte, um an die Wange der Frau zu fassen.
„Ich weiß, du wartest auf mich", sagte er leise, „und du musst noch eine Weile länger warten. Aber ich liebe dich. Über alle Schrecken hinaus. Warum? Es muss eine bösartige Laune des Schicksals sein. Aber ich liebe dich. Über die Angst hinaus, über meine Feigheit, auch über den Tod." Das Bild verschwamm.
„Nein!", rief er, „nein! Bitte bleib noch!"
Unbarmherzig löste sich das Bild wieder in Dampf auf.

Ich wollte ihn fragen, wer sie war, wollte etwas sagen, dass ihn beruhigte, aber ich hatte keine Stimme. Hilflos sah ich den Mann aufstehen. Er drückte mir das Kristallfläschchen in die Hand.
„Der einzige Weg, diesen Ort hinter dir zu lassen, sind die guten Erinnerungen, die du konservierst. Du musst sie dir ansehen. Dich erinnern an das Gute. Dann werden die Stimmen verschwinden."
Er lächelte traurig.
„Jedenfalls für eine Weile", fügte er dann hinzu und sagte noch: „es war die einzige gute Erinnerung meines Lebens."
Er zog eine Ampulle und eine Spritze hervor. Ich stürzte auf ihn zu und hielt seine Hände fest. „Es ist gut so", sagte er, „es ist gut."

In meinen Ohren schwoll das schrille Pfeifen an. Ich drückte meine Hände gegen die Ohrmuscheln und flehte stumm, es möge aufhören. Weil mich das Fläschchen dabei störte, ließ ich es ins Gras fallen. Meine Haut schrumpelte weiter zusammen, meine Lippen sprangen auf. Er verschwand im Nebel, nicht, ohne sich noch einmal umzudrehen: „Dir bleibt nicht viel Zeit."

Ich sah ihm nach; flehte ihn mit den Augen an, mir zu helfen, aber er ging fort. Ich fiel auf die Knie. Meine Kniescheiben zersprangen. Ein Donnergrollen fraß sich durch mein Inneres. Meine Glieder zogen sich zusammen, bis meine Ellenbogen mit meinem Bauch verwachsen waren und die Unterarme sich mit den Oberschenkeln verbanden. Immer mehr schrumpfte ich zusammen, fühlte, wie meine Brust so eingedrückt wurde, dass die Lungen keinen Platz mehr hatten.

Da kniete sich eine Gestalt neben mich ins Gras. Ihre helle Haut hob sich blau leuchtend von der trüben Umgebung ab. Ihr Haar fiel über ihre Schultern hinab, als sie sich zu mir hinunterbeugte. Sie berührte das zuckende Etwas, zu dem ich geschrumpft war. Vorsichtig öffnete sie meinen Mund und versenkte den kleinen goldenen Lichttropfen darin, der mir davongeschwebt war. Ich schnappte nach Luft. „Hilfe!", schrie ich, und dann alles Gute, das mir einfiel: *Freude*, *Liebe*, *Hoffnung*, *Träume*. Mit jedem Wort bekam ich meine frühere Gestalt zurück. Ein sanfter Regen setzte ein, der die dunklen Farben wie Aquarell abwusch bis nichts als Weiß zurückblieb.

Sie ließ meine Hand erst los, als sie mich in einen elfenbeinfarbenen Raum geführt hatte und ich konnte gerade noch: „Danke, Margarethe" sagen, bevor sie sich auflöste und mich zurückließ. Ich blickte auf die weißen Regale um mich herum. Kleine Kristallfläschchen. Tausende.

11. Kapitel

In der Lindenstraße 5.

Als Christoph Isabella küsste, fühlte es sich seltsam an. Obwohl er sich nicht ganz sicher war, wie er es fand, ließ er zu, dass sie ihm das T-Shirt über den Kopf zog. Christoph berührte sie wie er es bei anderen tat und merkte, wie sie unter ihm immer wieder zurechtrutschte. Sie wechselte die Hand, mit der sie ihm durchs Haar fuhr, alle paar Sekunden und er dachte daran, dass er sie eigentlich auch hätte fragen können, ob sie zu ihm ins Zimmer gehen wollten. Umständlich schlüpfte er aus der Hose, behielt aber ein Hosenbein an, weil sie ihn schon wieder auf sich zog. Isabellas Haar kitzelte ihn in der Nase und da seine Hände beschäftigt waren, versuchte er, mit der Oberlippe die Haare wegzuwischen ohne dabei einen Laut von sich zu geben, als würde er sich schnäuzen.

„Hast du ein Kondom?", fragte sie.

„Ach, ja, warte …", Christoph hatte eines in der Brieftasche, aber diese war in seiner Jackentasche, weil er zuvor noch Pizza geholt hatte. Als er aufstand, um die Brieftasche holen zu gehen, merkte er, dass er sein rechtes Hosenbein noch trug, weshalb er auf dem linken Bein ein paar Zentimeter hüpfte, bevor er sich bewusst wurde, dass sie ihm dabei zusah. Als er sich umwandte, lächelte sie. Sie setzte sich auf und strahlte ihn an.

„Starker Auftritt", meinte sie trocken.

Er grinste: „Ja, eigentlich schon."

Und plötzlich war da etwas anderes, das ihn dazu veranlasste, sich zu ihr auf die Bank zu setzen.

Er schmunzelte. Er schmunzelte über die ganze Situation, dass er jetzt hier saß, nackt (bis auf das Hosenbein natürlich), auf dieser scheußlichen petrolfarbenen Couch, nach der ersten Prüfung seines Lebens, die er wahrscheinlich versemmelt hatte und mit der schönsten Frau, die er sich vorstellen konnte. Und es fühlte sich einfach nur seltsam an. Ihm schoss der Begriff *Stop-gap grace* durch den Kopf und er ließ ihn ebenso schnell wieder daraus verschwinden.

„Willst du einen Kaffee?“, fragte er und legte seine Hand auf ihre.
„Nein“, sagte sie, „ich möchte einen Gin Tonic. Mit wenig Tonic.“
Sie zog sich notdürftig die Kleidung wieder an und das einzige, was im Folgenden noch zwischen ihnen stand, war die Ginflasche, die Flasche Tonic Water und ein Schälchen mit Zitronenscheiben, in das er noch das verpackte Kondom legte, um es richtig schön romantisch werden zu lassen.

Dann erzählte er ihr von dem Abend, als sie auf dem Tisch getanzt hatte, und davon, dass die andere nur der Trostpreis gewesen war. Er erzählte ihr, wie lange er schon mit dem Gedanken spielte, sie zu küssen und wie gut es sich angefühlt hatte, als sie ihn umarmt hatte. Aber jetzt, als die Situation gekommen war, war es einfach nur seltsam.
„Nicht wie du es dir vorgestellt hast.“
„Nein“, sagte er ehrlich.

Und dann erzählte sie ihm, dass sie sich heute von ihm hatte küssen lassen, weil ihre On-and-off-Affäre sich in eine andere verliebt hatte, weil ihr klargeworden war, dass sie weder ihm etwas bedeutet hatte, noch sonst jemandem davor.
„Aber es ist nicht die Lösung“, sagte sie zu ihm, „sich den Nächsten zu nehmen. Vielleicht muss ich ein bisschen alleine sein, um das zu kapieren.“
„Warst du eifersüchtig, als ich an dem Morgen nach der Poolparty Kaffee gemacht habe?“
„Ja. Aber ich war nicht eifersüchtig, dass eine andere von dir geliebt wurde. Ich war eifersüchtig, dass du eine andere begehrt hast. Kein Mann ist jemals so konstant in meinem Leben gewesen wie du. Ich wüsste, was ich mit deiner Begierde anfangen muss. Aber nicht mit deiner Zuneigung. Und du hast es nicht verdient, dass man dich so behandelt.“
„Das habe ich oft gehört.“
„Diesmal ist es wahr.“

„Was jetzt?“, fragte er dann.
Sie hob das Glas: „Wir stoßen auf die Freundschaft an.“
Sein Glas stieß gegen ihres.
„Und dann …“, sie sah sich um und lief in die Küche, wo sie den Wandkalender hinunterholte. Sie kam damit zurück, malte ein riesiges rotes Kreuz auf einen Tag in einem halben Jahr und drehte den Kalender zu ihm um.
„Wenn ich von meinem Erasmussemester zurückgekommen bin, treffen wir uns auf dieser hässlichen Couch, an genau diesem Tag, mit genau demselben Getränk. Und dann entscheiden wir. Abgemacht?“
Er hob sein Glas und stieß erneut mit ihr an. „Abgemacht“, sagte er.

Sie unterhielten sich noch lange weiter bis beide an einer Seite der Couch lehnten und die Gläser auf ihren Bäuchen balancierten.
„Wir haben noch nicht auf die Liebe getrunken“, nuschelte er.
„Das heben wir uns für später auf“, gab sie zurück.
„Und wenn nicht?“
„Dann gibt es Harze.“
Er setzte sich mit einem Schwung auf: „Was hast du da gerade gesagt?“
„Für die Wundheilung“, sagte sie und lächelte.

Im Krankenhaus.

Der Arzt grüßte ihn schon, als er auf die Station kam. Wie immer war er der letzte Besucher. Das Licht der Neonröhren ließ seine Haut unwirklich glänzen. Gerne stellte er sich vor, alle, die an diesem Ort arbeiteten, waren in Wahrheit Vampire – Kreaturen, die zwischen Leben und Tod umherschwebten. Für kurze Zeit verwandelte auch er sich in einen von ihnen. Michele bog um die Ecke und betrat das kleine Zimmer. Er zog den Sessel an das Krankenbett und hielt den Blick auf sie gerichtet. Sie atmete gleichmäßig. Auf dem Nachtkästchen standen zwei Karten. Eine war von seiner Cousine, die im Ausland war. Die andere von seiner Oma, die zu schwach war, um ihre Tochter selbst besuchen zu kommen. Er legte die Hand auf die Stirn seiner Tante. Sie hatten sie heute gewaschen und frisiert.

„Wie geht es dir?", fragte er, damit die Stille nicht ganz so schwer zu ertragen war, obwohl er schon wusste, dass keine Antwort kommen würde, „heute war ein wirklich wunderschöner Tag. Ich mag den Frühling. Überall ist Aufbruchstimmung, denn bald muss der Sommer begrüßt werden. Ist das nicht großartig?"
Er schwieg einen Moment, als die junge Ärztin den Raum betrat.
„Sie haben noch zehn Minuten", erinnerte sie ihn.
„Ja, danke", murmelte er und dann sagte er: „Entschuldigen Sie?"
„Ja?"
„Wie geht es ihr?"
„Ihr Zustand ist unverändert", sie nickte ihm zu, „das ist gut."
„Ist es das?", fragte er mit dem Blick auf seine Tante, die reglos in ihrem Bett lag.
„Ja. Bei einer solchen Verletzung kann es sehr schnell bergab gehen."
„Wird sie wieder aufwachen?", fragte Michele.
„Ich weiß es nicht. In diesem Stadium … Aber ausgeschlossen ist es nicht."
„Warum hat sie nicht einfach sterben können?", fragte er bitter.
„Wir haben ihr Leben gerettet", erinnerte die Ärztin ihn.

„Nein. Sie haben ihr Leiden verlängert", gab er trotzig zurück.
„Hören Sie: es ist meine Pflicht, ihr Leben zu erhalten. Ganz gleich, ob Sie das befürworten. Es ist mein Beruf."
„Ich weiß. Ich wollte Ihnen nicht zu nahe treten. Es ist nur: Was bleibt übrig? Nur eine Hülle, nicht wahr?"

Die Ärztin setzte sich ans Fußende des Bettes ehe sie antwortete: „Den ersten Patienten, den man bei einer Operation verliert, vergisst man nicht. Meiner war ein Familienvater. Ich habe ihn zu reanimieren versucht; habe meine Kleidung durchgeschwitzt bei dem Versuch, ihn wieder zurückzubringen. Man fühlt, wenn die Seele noch im Raum ist. Aber er war nicht mehr da. In der Sekunde, in der mir das bewusst geworden ist, habe ich mittendrin aufgehört. Ich spürte, er war längst gegangen. Ihre Tante aber ist noch hier. Sie sind hier. Als Menschen spüren wir. Wir sind mehr als nur der Körper. Und Sie wären nicht hier, wenn Sie wirklich glauben würden, hier liegt nur eine leere Hülle."
Michele griff nach der Hand seiner Tante. Er musste die Tränen unterdrücken.

„Wissen Sie, ich dachte immer, sie wäre nicht von dieser Welt. Die älteste Erinnerung, die ich an sie habe, ist der Studienabschluss meiner Mutter. Dort erschien sie mit einem riesigen roten Hut, auf dem sich nicht nur sämtliches Südseeobst befand, sondern es thronte auch ein grüner Papagei auf ihrem Kopfschmuck. Ich hielt sie für völlig verrückt. Aber das Strahlen ihrer Augen an diesem Tag werde ich nie vergessen. Und ich musste noch einen langen Weg gehen, um zu begreifen, wie mutig sie immer gewesen ist. Sie hat sich nie versteckt, sondern hat um ihr Glück gekämpft. Und um das der Menschen, die sie liebt."

Er schmunzelte: „Und von allen Geschichten, die ich über sie kenne, rede ich gerade wirklich von ihrem großen, roten Hut. Verrückt."

Michele stützte den Kopf in die Handfläche. „Ist es das, was bleibt?“, fragte er.

„Alles das“, meinte sie sicher und drehte den Kugelschreiber in der Hand, „wenn alles vergangen ist, bleibt uns die Erinnerung. An die Liebe in unserem Leben. An die Freundschaft. An das Gute. An magische Momente.“
Michele blickte sie überrascht an.
„Magische Momente?“, fragte er.
„An Augenblicke, über die wir noch Jahrzehnte später erzählen“, präzisierte sie.
„Ja, ich habe Sie schon verstanden. Aber den Ausdruck, den Sie verwendet haben …“
Sie lachte: „Eine ehemalige Schulkollegin sprach bei unserem letzten Klassentreffen davon. Und ich fand diese Bezeichnung so schön, dass ich sie übernommen habe.“
„Sie heißt nicht zufällig Emma?“, fragte Michele.
„Doch, genau“, die Ärztin strahlte, „ich muss sie wieder einmal anrufen. Jetzt, wo Sie es sagen. Woher kennen Sie Emma?“
„Ich bin ihr Mitbewohner“, er hielt ihr die Hand hin, „Michele.“
„Freut mich“, sie ergriff seine Hand, „ich heiße Laura.“
„Gab es magische Momente in deinem Leben, Laura?“, fragte er dann.
„So einige“, sagte sie sicher, „und manche verändern uns für immer.“
„Denken Sie, dass wir alle dadurch miteinander verbunden sind?“
Sie lachte: „Emma war überzeugt davon.“
„Sie ist es noch“, schmunzelte er.
„Ich habe Emma damals vom Flughafen aus angerufen“, sagte sie dann, „als ich in die Stadt der schönsten Kirche der Welt flog. Und sie sagte nicht „Viel Spaß“ oder „Du schaffst das“. Sie sagte: „Vergiss nicht, tief ein- und auszuatmen.“ Ich weiß noch, dass ich die Augen verdrehte. Typisch Emma halt. Aber dann, eines Nachts, verstand ich sehr gut, was sie gemeint hatte.“
„Ist es eine Liebesgeschichte?“, fragte Michele neugierig.
Sie überlegte kurz und sagte dann: „Ja, ich denke, das ist sie.“

Die Liebenden.

„Vergiss das nie, mein kleines Kunstwerk", sagte er. Das war das Letzte, woran Laura sich erinnerte. Danach nahm sie ihren Mantel vom Küchenstuhl und verließ seine kleine Wohnung, deren winziger, einsturzgefährdeter Balkon einen atemberaubenden Ausblick auf die schönste Kirche der Welt bot.

Barcelona war eine Flucht gewesen. Eine Flucht, nachdem sie jung hatte heiraten wollen, nachdem sie sich ein Leben mit ihrem Verlobten vorgestellt hatte, nachdem sie wegen ihm ihr Studium vernachlässigt hatte, nachdem er ihr schließlich an einem Sommertag drei Wochen vor der Hochzeit nur ein Post-it auf dem Nachttisch hinterlassen hatte, auf dem stand: *Ich bin nicht für die Liebe geschaffen.*

Sie sagte dem Priester ab, verschenkte ihr Kleid, schrieb sich wieder ins Studium ein, warf alle Fotos weg und doch blieb dieser eine Satz tief in ihr zurück, so tief, dass er ihr wie ein Schatten überallhin folgte, leise flüsternd, unheimlich nahe, erschreckend ein Teil von ihr. Und sie fragte sich: War sie für die Liebe geschaffen?

Der Mensch, der ihr diese Frage beantworten sollte, lief an einem verregneten Tag im September in Gestalt eines hektischen Studenten in sie hinein, als sie den richtigen Hörsaal suchte, um die Einführungsveranstaltung zu ihrem Auslandsjahr zu besuchen. Seine dunklen Haare hatte er im Nacken zusammengebunden. Das Wasser lief seine Stirn entlang bis zu seiner Nasenspitze und er wischte es mit lautem Gelächter weg. „Da studiert man im Süden und dann das", sagte er fröhlich. Sofort vergaß sie den See, der sich in ihren Turnschuhen gesammelt hatte, und lachte mit ihm.

Gemeinsam schafften sie es mit einiger Verspätung zur Veranstaltung. Es stellte sich heraus, dass er aus England kam, um in Spanien Kunst zu studieren. „Dinge geschehen", pflegte er zu sagen, wenn er die dunkelrote Flüssigkeit der Sangria auf seinem Knie balancierte, „meine

Eltern haben mir schon den Namen *Rodrigo* gegeben. Sie wussten, der Süden wartete auf mich."

Es war, als hätte der Süden tatsächlich auf ihn gewartet. In den Monaten, die kommen sollten, fand er spielend leicht in die spanische Sprache – nicht, weil er besonders begabt war, sondern weil er keine Angst hatte. Wenn sie zusammen lernten, drehte er den Bleistift zwischen seinen Lippen und runzelte dabei die Stirn, wenn er verstehen wollte, was er gelesen hatte. Einmal unterbrach er sie, um ihr ein Gedicht vorzulesen, das ihn beschäftigte und hüpfte von seinem Sessel auf, weil ihn die Emotionen viel zu sehr aufwühlten, um einfach still zu bleiben. Eines Tages erzählte er ihr, dass er sein eigenes Stück inszenieren würde. Sie dachte, er wolle es ihr bloß erzählen, da sie oft Zeit miteinander verbrachten, aber dann fragte er: „Machst du mit?"

Laura sagte zu, weil sie ihm einen Gefallen tun wollte. Sie sollte mit Martín spielen, einem Spanier, der aus Barcelona stammte. Oft saßen die drei auch nach den Proben noch zusammen und tranken Bier.
Sie probten so oft, dass Laura ihre Arbeiten für die Uni vernachlässigte und eines Tages warf sie das Skript zu Boden. Rodrigo sah sie erstaunt an. „Ich kann es nicht!", schrie sie ihm entgegen, „ich kann das überhaupt nicht fühlen! Warum macht sie das? Warum spricht sie so wie sie spricht? Warum fühlt sie so, wie sie fühlt! Ich verstehe es nicht! Ich kann es auch nicht! Rodrigo, ich bin raus!"
Sie stürmte hinter die Bühne und stoppte erst, als sie tief durchatmend in der Garderobe stand. Als Rodrigo ihr nachkam, hatte sie zu weinen angefangen. Eine Weile stand er neben ihr, dann sagte er: „Sie ist eine Künstlerin."
„Aber ich bin es nicht", gab sie zurück, „ich weiß nicht, wie es ist, so intensiv zu fühlen."
„Ich werde es dir zeigen", Rodrigo nahm ihre Hand.
„Vielleicht bin ich dafür nicht geschaffen", meinte sie dann, „vielleicht bin ich für Inspiration nicht geschaffen", sie atmete tief ein und sprach aus, was tief in ihr verborgen lag, „vielleicht nicht für die Liebe."

„Jeder ist für die Inspiration geschaffen. Und jeder für die Liebe. Sie fühlen sich nur nicht für jeden gleich an."
„Woher weiß man das?", fragte sie ihn und kam sich dabei ziemlich dumm vor.
„Es ist meine Überzeugung, dass es eine Lebensaufgabe ist, das herauszufinden."
„Zeig es mir", bat sie ihn.
„Es geht um das Licht", sagte er als erstes, „es kommt immer auf das Licht an. Darauf, von welcher Seite es dich beleuchtet. Dich und dein Leben."

Dann nahm er sie mit in die Sagrada Familia. Das Innenschiff der Kirche hatte sich in seinen Rausch der Farben entzündet und hinterließ bunte Flecken auf ihrer Haut, als sie zwischen den ewigen Steinen stand, um zu staunen. „Das ist Rot", sagte er zu ihr, „es ist die Leidenschaft, das Blut, die Versuchung." Sein Zeigefinger fuhr an ihre Schulter – dort, wo ein roter Fleck auf ihrem Körper leuchtete. „Spürst du es? Genau hier." Laura griff an seine Hand: „Und das? Das ist Erde." „Die Farbe des Vertrauens", lächelte Rodrigo. „Wenn ich die Augen schließe, ist es noch immer da", meinte sie dann und wusste, dass die Lichtkegel in der Kirche tausendfach flimmerten. Sie atmete tief ein und aus. „Die Figur, die du spielen wirst, besteht aus all dem. Alles, was du jetzt auf deinem Körper fühlst, ist ein Teil von ihr. Das Blau auf deinen Augenlidern. Das Grün, das deinen Ringfinger streichelt. Das Rosa, das sich in deinen Augenbrauen verliert. Es ist der Grund, weshalb ich so gerne hier bin. Alles das ist das Leben."
Als Laura die Augen wieder öffnete, sah sie die Farben auf seiner Haut, sah in seinen Augen die tiefe Überzeugung, an diesem Ort den Zauber gefunden zu haben und es war der Moment, in dem sie sich in ihn verliebte.

Barcelona schimmerte ihr nun anders entgegen. Mit ihren Unterlagen für das Medizinstudium setzte sie sich in den Parc Güell; immer dann,

wenn er nicht von Touristen überrannt war. Die blauen Fliesen glitzerten vor ihren Augen und sie sah darin die Tränen ihrer Figur, die auf ihren Wangen trocknen würden, als er sie im Stück verlassen würde. Im satten Grün der Sträucher sah sie die Eifersucht glänzen; im kräftigen Orange strahlte die Verheißung der Rache.
Als sie das nächste Mal zur Probe kam, betrachtete sie die Farbtöpfe, die hinter der Bühne gestapelt waren. Wie in Trance näherte sie sich dem Topf mit der orangen Farbe und tauchte den Finger hinein. Noch während sie die Farbe zwischen Daumen und Zeigefinger verrieb und sich dabei vorstellte, wie das die Hand war, mit der ihre Figur die Rache ausüben würde, trat Rodrigo hinter sie. „Du bist wieder da", stellte er nicht überrascht fest.
An diesem Tag ließ er sie auf der Bühne schreien. Sie wälzte sich auf dem schmutzigen Boden, der hundertfach vom Schweiß der Schauspieler getränkt war, sie brüllte den Schmerz ihrer Figur hinaus; sie verlor sich überall dort, wo das Rot ihren Körper berührt hatte.

Am Tag vor der Aufführung verabschiedete sich Martín früh. Rodrigo setzte sich zu ihr auf den Boden hinter den Kulissen. Sie reichte ihm eine Bierflasche und eine Weile sprachen sie über das Studium, dann sagte sie: „Ich habe Angst." „Das musst du nicht", entgegnete er, „wir erschaffen ein Kunstwerk. Davor muss sich niemand fürchten."
Sie tauchte ihren Finger in den roten Farbtopf und verstrich die Flüssigkeit auf seiner Wange. „Die Dinge, die wir fühlen", sagte sie gedankenverloren, „machen sie den anderen zu einem Kunstwerk?"
„Vielleicht", er sah sie genau an, interessiert daran, herauszufinden, wie sie diesen Gedanken ausführte. Sie zog ihm das T-Shirt über den Kopf und tauchte ihren Daumen in die grüne Farbe, mit der sie einen Strich quer über seinen Bauchnabel zog. „Ist das Inspiration?", fragte sie weiter, keine Antwort erwartend. Anschließend zog sie eine lila Welle über seine Brust. Ihre Finger griffen in Gelb, in Blau, in sattes Schwarz bis sein Körper von den Mustern überzogen war, die sie ihm aufschrieb. Es war das erste Mal, dass sie den Körper anders wahrnahm.

Plötzlich waren da nicht mehr einzelne Sehnen, Muskeln, Organe, sondern Gefühle, Muster, Farben.
Als sie die Hände sinken ließ, griff sie nach ihrer Bierflasche, auf der sie Farbkleckse hinterließ: „Jetzt bist du mein Kunstwerk." Er hob eine Augenbraue und lächelte.

Die Premiere war ein großer Erfolg und um ihn zu feiern, tanzten sie die ganze Nacht hindurch. Irgendwann tanzten Rodrigo und Laura miteinander. Als sie sich vorneigte, um ihn zu küssen, wich er ihr leicht aus. „Du warst heute atemberaubend", sagte er. „Das ist dein Verdienst", gestand sie ihm zu und war überzeugt, dass das, was sie für ihn fühlte, alles das war. Erst als Martín von hinten auf ihn zukam und ihn in einen stürmischen Tanz entführte, als Rodrgios Lippen die ihres Schauspielpartners fanden, wurde ihr klar, dass er nicht fühlte wie sie. Laura schloss die Augen und spürte den Stich in ihrer Brust – dort, wo das Gelb der Sagrada Familia sein Mal hinterlassen hatte.

Als sie zu ihm ins Apartment ging, um sich zu verabschieden, blickte sie ein letztes Mal auf die schönste Kirche der Welt. Sie atmete tief aus und ein, sagte: „Ich liebe dich" und es befreite sie für immer vor der Furcht, nicht für die Liebe geschaffen zu sein.
„Und du hast mich inspiriert", gab er zurück, „vergiss das nie, mein kleines Kunstwerk."

Indisches Schloss.

Graf.

„Hätte ich sie doch nur auf die Augen geküsst.“

- *Arthur Schnitzler*

Obwohl meinen ganzen Körper eine angenehme Wärme umfing, schien das Licht kalt, das von den weißen Wänden reflektiert wurde. Die winzigen Mosaiksteine am Boden und an den Wänden schlossen mich in eine Oase der Farbe. Das Sonnenlicht blendete mich, mein Auge suchte nach einem Fleck Schatten, in dem es den grellen Kombinationen aus Gegenfarben entwischen und sich ausruhen konnte. Ich trug ein weites, fließendes Sommerkleid, dessen Saum über den Boden strich. Meine bloßen Füße nahmen die Kälte des Steins in sich auf, während sie Paradiesvögel streiften, über wilde Tiere stiegen und riesige Elefanten durchquerten. In magischen Zusammenhängen reihte sich Motiv an Motiv, tiefes Rot schmiegte sich an Eisblau, als könnten hier, an diesem Ort, Farben eine Verbindung eingehen, die einander in der Natur fremd bleiben mussten. An tiefes Blau reihte sich sein Gegenpart als luftiges Orange, das sich in allen warmen Schattierungen von dort ausbreitete. Es verlief sich in einen dunkleren Ton wie die Sonne über Rom unterging, verlor sich in lichtes Glänzen, wie die Sommersonne sich in den Wolkenkratzern New Yorks spiegelte und zeigte sich auch in unaufgeregter, satter Natürlichkeit einer Butterblume in den saftig grünenden Alpen. Das Orange floss auseinander, umarmte im Maul eines Tigers die Vielfalt von Rot, das sich zäh im Farbton des Blutes wand bevor es in der Gestalt von lieblichem Rosé an die Sinne herantrat. Es wälzte sich fort in duftiges Altrosa, neben dem ganz unerwartet Schwarz auf das Auge traf. Tief und endgültig führte es den Neugierigen in die Wunderhöhle, bot den Nährboden für alle Fantasien der Sinne und blieb doch stumm und verschlossen.
Meine Füße folgten keinem Pfad, nur der Rhythmus der Leichtigkeit bemächtigte sich meiner Schritte. Von Ferne sah es wohl aus wie ein Tanz, wenn ich über die Gestalten und Vegetation wandelte, die

abgebildet waren. Auf diese Weise nahm ich die Bilder der Geschichte auseinander und setzte sie in die Ordnung des Weges, den ich abschritt. Immer ausgelassener wirbelte ich durch den Saal; mein Seidenkleid getränkt von Licht. Ich hatte keine Gedanken mehr; ich bestand nur noch aus Fühlen. Daher merkte ich nicht optisch, dass noch jemand hier war; ich spürte es. Eine Weile lang bewegte er sich synchron mit mir, dann ging er einen anderen Weg. Seine schlanken Finger fassten meine Taille.

Seine Lippen berührten mein Ohr.
„Gefällt es dir?", flüsterte er, „ist es so, wie du es dir erträumt hast?"
„Ganz anders", sagte ich, „aber umso schöner, jetzt, wo ich endlich hier bin."
„Ich habe es dir beschrieben."
„Ja", gab ich zurück, „weil du mich verführen wolltest."
„Hat es dir gefallen?", fragte er und strich an meinem Oberschenkel entlang.
„Es hat mir gefallen", gab ich zurück, „es war die Art, in der deine Worte meine Fantasie küssten. Es war die Art, wie das grelle Orange in seiner Intensität mein Herz weitete und in deiner Beschreibung das Türkisblau an meine Sinne brandete."

Als wir uns der Terrasse näherten, ging mein Blick ins Weite.
„Sitzt er schon lange dort?", fragte ich und beobachtete den Mann mit Strohhut, der in einem Liegestuhl sitzend aufs Meer hinausblickte. Seine Hand mit der Zigarre darin war auf dem kleinen Beistelltisch abgelegt. Daneben stand eine kleine Schale Erdbeeren, deren sattes Rot sich vom Hintergrund des türkisfarbenen Meeres abhob.
„Er wartet", sagte mein Begleiter.
„Worauf?"
„Tadzio", antwortete er und drehte mich einmal im Kreis.

„Willst du die ganze Nacht mit mir?", fragte er dann ernst und drückte sein Becken gegen meinen Unterleib.

„Hier gibt es keine Nacht“, antwortete ich, „und ich habe auch keine Frage an dich. Ich habe eine Antwort.“
Ich zog ein dunkelbraunes Tuch hervor und verhüllte damit die Fenster. Wie ein mächtiges Segel bauschte es sich vor den Ausgängen auf; zurück blieb nur ein kleiner Raum voller Polster, die die Farbe von Erde trugen. Zurück und außen blieb auch der Wartende.

„Was tust du?“, fragte er erstaunt und wich ein Stück vor mir zurück.
„Orange“, sagte ich, „ist nicht nur das aufregende Glühen einer Kerze, die neben deinem Bett flackert. Für mich ist es auch das Glimmen der Geschwindigkeitsanzeige eines Go-Karts, mit dem ich über die gewundene Strecke brause. Es ist das Licht, das in all seiner Ruhe durch ein Kirchenfenster hindurch die alten Steine einer kleinen Kapelle erhellt.
Du sagtest, meine Lippen seien Altrosa. Aber für mich ist das die Farbe der Blumen auf dem Grab meines Uropas. Du sprachst über die gelblichen Sprenkel in meinem Haar. Aber das ist nicht Gelb. Es ist ein helles Weiß, wie angezuckert, das alljährlich darauf zu glänzen beginnt, wenn der Sommer in voller Blüte steht. Gelb ist die Farbe eines abscheulichen Kleides, das ich als Teenager gezwungen wurde, auf einer Hochzeit zu tragen.
Und du sagtest, meine Taille sei geschwungen wie die vollkommenen Proportionen einer Geige. Als ich klein war, musste ich ein Instrument spielen lernen. Weil wir eine Geige zu Hause hatten, spielte ich sie. Aber ich konnte es nicht. Meine Fingerkuppen bluteten von den Saiten und meine Knöchel von den Schlägen des Lehrers. Du siehst – viel Gutes erkennst du nicht in mir.“
„Hätte ich stattdessen sagen sollen, du wärst die perfekte Ergänzung zu den Frauen, die ich schon gehabt habe?“, er hob eine Augenbraue und funkelte mich an.
„Deine Worte werde ich ein Leben lang lieben; sie haben mich immer herausgefordert und sie tun es noch – ich bin ihnen als Schauspielerin und Schriftstellerin verfallen. Aber mit dir will ich nichts mehr zu tun haben.“

„Das ist der Dank für meine Worte?“, fragte er.
„Nein. Das ist mein Dank“, ich öffnete die Tür neben mir und ließ fünf elfengleiche Gestalten eintreten. Sie waren mit kostbaren bunten Stoffen bekleidet. Ihre langen Haare schimmerten in Regenbogenfarben. Eine von ihnen trug ein gelbes Tuch um die Hüfte, eine die Schürze eines Dienstmädchens, in die Juwelen eingearbeitet waren, eine trug ihren Ehering an einer Goldkette um den Hals, eine hielt einen Kelch in Händen, dessen Flüssigkeit das dämmrige Licht der einzigen Kerze im Raum spiegelte und die letzte war in ein Korsett aus Satin geschnürt.

Er lächelte, als ich mich umwandte. Geschmeichelt nahm er den Kelch entgegen, um zu trinken und berührte dabei die Wange des Dienstmädchens.
„Sieh mich an“, sagte er zu ihr und sie hob den Blick, den sie wie alle anderen zu Boden gerichtet gehabt hatte.
Ich schloss die Türe hinter mir, als ihre Lider sich hoben und die leeren Augenhöhlen entblößten. Meine Finger versiegelten den Ausgang als er schrie: „Sie haben keine Augen!“

Die kreischende Stimme verfolgte mich, während meine Füße den weißen Sand fühlten, als ich auf den Wartenden hinzutrat.
Das Türkisblau des Meeres funkelte und ich legte eine Hand auf die Sessellehne.
Die Stimme erklang jetzt nur noch von fern, war beinahe bloß ein Flüstern, ein Flüstern, sie hätten keine Seelen, als meine Augen eine Bewegung am Horizont wahrnahmen.
„Es ist Zeit“, sagte ich leise und der Wartende erhob sich, um der Erscheinung in die Ewigkeit zu folgen.

12. Kapitel

In der Bar *Taormina*.

„Es war der Ort am Meer, in dem du dich mit einer Geliebten getroffen hast", Isabellas Augen leuchteten.
Francesco grinste und schüttelte den Kopf.
„Nein, nein. Es ist der Ort, an dem du zum ersten Mal Salsa getanzt hast", Michele schnippte mit den Fingern.
Francesco schüttelte abermals den Kopf und zerstieß die Limetten in den Gläsern, sodass die klare, saure Flüssigkeit sich mit dem Zucker vermengen konnte.
„Ganz klar – an diesem Ort hast du zum ersten Mal Cocktails gemixt", sagte Christoph sicher.
Francesco lächelte verschmitzt und schüttelte den Kopf, wobei er mit einer fließenden Bewegung crushed ice in die Gläser füllte.
Als er jedem ein Glas hingestellt hatte, lehnte er sich an die Bar. „Es ist der Geburtsort meiner kleinen Schwester", sagte er, „ich hoffe, sie kommt mich einmal hier besuchen."
„Och", meinte Christoph, „ich hätte mir irgendeine Abenteuergeschichte erwartet. Wenigstens mit einem blauen Drachen."
Francesco lachte: „Tut mir leid, dich enttäuschen zu müssen."

„Warum ist sie nie hierhergezogen?", fragte Julia.
„Weil sie keinen Job gefunden hat. Und ich denke, sie wollte ihren auch nicht aufgeben. Irgendwann hat sie sich dann verliebt. Und ist in Sizilien geblieben", er stützte sich auf die Bar und fügte hinzu: „so ist das, mein Schatz. Amore mio oder wie immer ich dich auch nennen soll."
Julia strahlte und Isabella riss die Augen auf.
„Ihr meint – ihr zwei …?"
Michele klatschte in die Hände und ließ sich von Isabella stürmisch umarmen.
Francesco küsste Julia über die Bar hinweg und gab dann gleich noch eine Runde Caipirinha für alle aus.

Als Francesco später mit Julia tanzte, zog er sie zu sich. „Woran denkst du?", fragte er, „noch immer an Emma?" „Ja. Ich wünschte, sie wäre hier", gab Julia zu.
Er schüttelte den Kopf: „Ich glaube, du hast ihr nicht richtig zugehört. Immer, als wir einander Geschichten erzählt haben, war sie bei uns. Geschichten verbinden uns, hast du das schon vergessen?"
„Dass ausgerechnet du das sagst …", gab sie zurück.
„Ich bin Barkeeper. Geschichten zu hören ist mein Beruf", erinnerte er sie.
„Ich habe darüber nachgedacht und weiß noch immer nicht, wo Emma ist, aber ich bin ganz sicher, dass sie dort erzählt. Sie wird ihr Buch zu Ende bringen. Diesmal schafft sie es. Sie wird vieles erzählen, von dem sie manches aufschreibt. Und diese eine Geschichte, die wird sie ganz sicher erzählen", meinte Julia und ließ sich von Francesco in eine Drehung führen.
„Welche?", fragte Francesco.
„Auch Emma hat eine kleine Schwester, die ihr die Welt bedeutet", sagte Julia.
Er drehte sie noch einmal: „Emma wird zurückkommen, du wirst sehen."

Die Kämpferin.

Ich kann mich nicht mehr erinnern, welches Datum war, als wir zum ersten Mal erfuhren, dass sie ins Krankenhaus musste. Ich konnte nicht sagen, was ich dachte. Nur meinen Papa sah ich, als er am Bett saß und zu Boden starrte. Ich konnte mich erinnern, ihn gefragt zu haben, was mit Sophia nicht stimmte und er sagte: „Ich weiß es nicht". Ich fragte weiter, was passieren würde und er sagte wieder: „Ich weiß es nicht". Ich fragte auch noch, ob er wusste, wann Sophia nach Hause kommen würde. Wieder antwortete er: „Ich weiß es nicht." Dann blickte er auf seine großen Hände hinunter; dieser Berg von einem Mann, dieser Fels in meiner Brandung, begann zu blinzeln. Als Tränen von seiner Nasenspitze tropften, sagte er tonlos: „Ich weiß nicht, ob sie nach Hause kommt." Und da begriff ich, dass etwas Schreckliches geschehen war.

Vielleicht sollte ich zuerst einmal das Wesentliche vorwegnehmen: die Geschichte hat ein Happy End. Sophia selbst hat aber einmal gesagt, dass Geschichten nur über Tote erzählt werden. In der Welt des Erzählens haben die Lebenden keinen Platz.

Heute beweise ich dir, dass das nicht stimmt; im Gegenteil: dass wir etwas versäumen, wenn wir gar nicht erst anfangen zu erzählen. Und ich beginne damit, deine Geschichte zu schreiben. Hör gut zu: es ist mein Geschenk an dich.

Als du zur Welt kamst, warst du klein und blau. Du hast sehr oft geschrien. Aber ich fand dich sofort faszinierend. Durch die Glasscheiben, die dich von uns trennten, sahen wir dich schon ganz zu Beginn im Krankenhaus. Und dann gibt es eine Phase, in der ich mich nicht an dich erinnern kann. Da war nur ein leeres Bett zu Hause, aber ich wusste, da gehörte jemand hinein. Was ich damit sagen will, ist: du warst immer da. Du hattest deinen Platz bei uns, auch, wenn du körperlich nicht anwesend warst. In dieser Zeit war es oft dunkel, als schämte sich die Sonne, auch nur einen Strahl zu vergeuden, wenn etwas so Entscheidendes passierte, wie, dass dein Leben gerettet wurde.

Und schließlich bist du angekommen; hast dich für unsere Welt entschieden. Und ich durfte dich endlich füttern. Du warst gewachsen. Mit ein wenig Verspätung bist du eingestiegen in die Welt der Familienfeste, der Schule, in der noch keines der Kinder irgendeine Art von Medikamenten hat nehmen müssen, wie du es musstest und in die Welt der Autos und Straßen und nicht sterilen Umgebung. Mit der Zeit musstest du weniger Medikamente nehmen und führtest ein ganz normales Leben.

Und dann, an einem Frühlingstag, war es wieder so weit. Wir dachten, die nächste Operation läge einige Jahre in der Zukunft, aber die Blässe deiner Haut, die Angestrengtheit, wenn du dich aufregtest und die Kleinigkeiten, mit denen du begannst, dir schwer zu tun, zeigten uns, dass es Zeit war. Es war ein Zeitpunkt in meinem Leben, in dem ich selbst so hilflos war, dass es mich mehr als einen Schritt kostete, auf dich zuzugehen, um dir zu helfen. Nach der Operation kam Papa nach Hause und sagte, du bräuchtest uns. Mich erfasste in diesem Augenblick eine Panik, die ich in wenigen Situationen in meinem Leben gefühlt hatte. Ich hatte Angst davor, dich in diesem Bett zu sehen, deine Wunden, den Eiter, das Blut. Aber mehr noch fürchtete ich, dir nicht helfen zu können.

Heute habe ich das Zimmer so groß in Erinnerung und dich so winzig, dass es nur eine Verzerrung sein kann, die unser Gehirn anstellt, wenn uns etwas zu viel wird. Ich sah alles, wovor ich mich fürchtete, aber seit dieser Nacht weiß ich, was es heißt, für jemanden da zu sein und sich selbst völlig außer Acht zu lassen. Ich weiß noch, ich saß neben deinem Bett und erzählte dir irgendetwas, weil ich wollte, dass du eine Stimme hörst, die dir vertraut war. In Wahrheit tat ich das einzige, was ich konnte.

Ich erzählte. Ich ließ meine Stimme den Raum füllen; ließ sie wie sanfte Wellen über dein Gehör streifen, in der Hoffnung, dass sie irgendwo eine Brandung fänden, wo deine Sinne sicher waren, dass du niemals alleine sein würdest. Ich wünschte mir, sie würde tief in dein Unterbewusstsein dringen, dir die Hand entgegenstrecken und dich von dem Ort zurückholen, an dem du dich aufhieltest. Denn noch immer warst du nicht weg; du warst ganz nahe bei uns. Ich konnte dich fühlen – du mich auch? Nachdem ich lange bei dir gesessen war, war es Zeit aufzubrechen. Und da war es – ganz leicht hast du meine Hand gedrückt. Später hast du mir erzählt, du könntest dich noch erinnern, dass jemand aus dem Zimmer hinausging.

Als du das erste Mal aufstehen konntest, war es Sommer. Oft erinnere ich mich heute daran, wie du in den ersten Wochen gekämpft hast. Du warst wie ein Löwe, der um sein Recht, einen Platz an der Sonne zu haben, gestritten hat. Die Kraft, mit der du dich aufgebäumt hast, ist für mich noch heute beispiellos. Niemals wieder habe ich jemanden so sehr für etwas kämpfen sehen. Ich sah dich, wenn du gegen die Dämonen angegangen bist, die die Medikamente in dir hinaufbeschworen. Vor deinem Inneren mussten sich grausame Welten aufgetan haben; mussten Wasserfälle an Blut gerauscht sein; musstest du um jeden Lichtstrahl einen Kampf auszufechten gehabt haben. Du hast dich gegen die Teufel in deinem Geist gestellt, hast dich aufgelehnt, hast gebrüllt und niemals stillgehalten. Es war, als wolltest du deine Seele vor dem Schrecken bewahren, der sich in dein Bewusstsein gedrängt hatte. Wenn dein Pfleger Karel dich packen musste, hat er gegen eine Urgewalt angekämpft. Da warst du nicht mehr die kleine, zarte Sophia, sondern ein Urinstinkt, der gegen den muskulösen Arm brandete und dort in tausende Schreie zerbrach. Am nächsten Tag warst du so erschöpft, so nach Erinnerungen suchend an das, was geschehen war und du suchtest die Lösung des Rätsels in den Augen von Mama. Du wusstest, es war der falsche Ort, um zu suchen und ich wusste es auch. Als ich dich zum ersten Mal auf die sonnengeflutete Terrasse begleitete, begriff ich, dass das Vergessen auch reinigte. Es bedeutete, dass mancher Schrecken nicht bleiben konnte und es ersparte dir, ihn jemals heilen zu müssen.

Als du dann auf dem Badezimmerboden neben mir gesessen bist und mir versichertest, dass ich keine Angst vor dem Tod zu haben brauchte, begann ich, an ein Leben danach zu glauben. Und ich begann eine Ahnung davon zu bekommen, was du gesehen haben musstest. Ich wünschte, ich wäre bei dir gewesen; ich wünschte, ich hätte dir in die Unterwelt zumindest Vergil oder auch Tom Hiddleston mitgeben können. Es begann, an mir zu nagen, dass du solche schrecklichen Dinge gesehen haben musst, obwohl du doch am Anfang einfach nur klein und blau gewesen warst. Ich suchte Halt in meiner Fantasie und erschuf eine Figur, einen Schattenreiter, der sich in die Träume der Menschen einschleichen und sie an ihre Vergehen erinnern sollte. Bis er auf jemanden traf, der keine begangen hatte und ihr Beschützer wurde. Er wurde zu einem Symbol für das Gute.

Genau wie deine Geschichte. Dass die Ärzte nicht gleich herausgefunden haben, was mit dir nicht stimmte, war schrecklich. Dass Mama und Papa so hilflos waren, obwohl sie junge Eltern von drei Kindern waren wie so viele andere auch, war erschütternd. Dass dir dein Kinderarzt das Leben gerettet hat, war ein Glück. Deine Geschichte ist mit der Tinte all dessen geschrieben worden, was in einem Leben Gutes geschehen kann. Und mich erinnert sie immer wieder daran, eigene Sorgen und Ängste in die Schranken zu weisen, weil es Dinge gab, die viel schlimmer waren.
Letzten Sommer habe ich mit dir deine Matura gefeiert. Ich habe dich auf der Tanzfläche beobachtet, in deinen kurzen weißen Shorts; wie du ausgelassen getanzt hast. Die Augen aller jungen Männer in deinem Umkreis waren auf dich gerichtet. Sie konnten sich nicht sattsehen an deinen wunderschönen Kurven, die im Neonlicht in einen Takt mit der Musik flossen. Die Narbe auf deiner Brust war sichtbar; sie war in dieser Nacht wie in jeder anderen ein Teil von dir, aber sie machte dich nicht aus. An diesem Abend war ich sehr stolz auf dich. Ich

fühlte mich, als wären wir einen weiten Weg gegangen. Zum ersten Mal spürte ich die Jahre, in denen nicht sicher war, ob du im Sommer nach deiner Matura überhaupt tanzen würdest können. Aber wir saßen nicht an einem Krankenbett in einem kalten weißen Zimmer. Wir tanzten nahe des Strandes unter bunten Lichtern und ließen die warme Sommerluft über unsere Haut streichen. Die Schweißperlen schickten wir mit den Sommerwinden davon; jeder neue Cocktail feierte, dass wir hier waren.

Ich hätte niemals gedacht, dass dein Weg uns an diesen Ort, in diese Situation, führen würde. Es überwältigte mich und gab mir den Glauben daran zurück, dass manche Dinge gut werden können. Deine Geschichte nimmt einen besonderen Platz in meinem Leben ein. Dafür danke ich dir. Deshalb musste ich sie erzählen.

Petrópolis.

Jeder Schatten ist im letzten doch auch Kind des Lichts, und nur wer Helles und Dunkles, Krieg und Frieden, Aufstieg und Niedergang erfahren, nur der hat wahrhaft gelebt.

- *Stefan Zweig*

Die großen Schwingtüren offenbarten einen riesigen Raum, dessen Kronleuchter so gigantisch war, dass er mit seiner Spitze an einer Stelle beinahe den Billardtisch darunter berührte. In der Luft lag Zigarrenrauch, der schwer auf meine Sinne drückte. Mein bodenlanges Abendkleid streifte auf dem roten Teppich entlang. Erst spät wurde mir bewusst, dass sich nichts regte. Die Menschen um mich herum, die an der Bar standen, vor sich ihre Drinks und in der Hand ihre Zigarren und die, die an den Tischen saßen, in ihren Händen ihre Spielchips, waren versteinert. Ich wanderte durch ein Mausoleum aus kaltem Stein. Wie Schaufensterpuppen trugen sie ihre Kleidung, aber der feine Stoff lag nicht auf ihrer weichen Haut auf, die sich ganz leicht wölbte, wenn sie atmeten, sondern verdeckten das tote Material darunter. An ihren Hälsen und Handgelenken funkelten Diamanten und Goldschmuck wie Insignien einer Macht, die lange zu Staub zerfallen war. Es lag noch Parfum in der Luft; schwere, satte Dämpfe exotischer Blüten und tiefe, dunkle Männerdüfte, die ihre Erhabenheit unterstreichen sollten. Inmitten der Steinfiguren schritt ich entlang, als einziger atmender Körper, denn kein anderer Laut erfüllte den riesigen Saal. Das schwache Licht wurde in meiner Perlenhalskette ebenso reflektiert wie in ihren Diamanten. Meine Samthandschuhe strichen über die roten Samtbezüge, fuhren ehrfurchtsvoll an den Rand der Bar, der in Gold eingefasst war und wanderten dann in Richtung eines Mannes, der mir bekannt vorkam. Das Schwarz meiner Finger streckte sich in Richtung seines weißen Hemdes, als ich hinter mir eine Stimme vernahm: „Tu das nicht."

Ich schrak zusammen, obwohl er nur ganz leise gesprochen hatte, und wandte mich um. Er saß an einem der Spieltische und drehte seine Spielchips in Händen. Mit einer Bewegung deutete er mir, mich ihm gegenüber zu setzen. Zögernd folgte ich seiner Aufforderung. Als ich den Stuhl zurückschob, rechnete ich damit, dass es sich nur als eine Attrappe erweisen würde, aber ich konnte mich wie gewöhnlich darauf niederlassen.

„Spielst du?", fragte er.

„Selten."

„Das glaube ich dir nicht."

„Ich bin keine gute Lügnerin", sagte ich.

„Bluffen ist keine Lüge", sagte er.

„Ach, nein?", ich hob eine Augenbraue.

„Nein. Erzählen ist auch nicht die Wahrheit."

Ich blieb stumm und schob einige der Chips zu mir.

„Was tun sie hier?", fragte ich ihn dann mit Blick auf die Statuen, die einmal Menschen gewesen sein mussten.

„Sie haben um das Leben gespielt", antwortete er, „und haben verloren."

„Und du?", fragte ich weiter.

„Auch ich habe gespielt. Auch ich habe alles verloren. Aber ich habe es auch aufgeschrieben. Alles, das, was ich verlor. Und damit habe ich es bewahrt. Deshalb bin ich noch hier."

„Was bleibt von einer Welt in Scherben?"

„Nur der Traum von einer besseren", er nahm einen Schluck von seinem Drink. Die klare Flüssigkeit schwappte an seine Lippen.

„Warum hast du kein Buch über die Welt von Morgen geschrieben?", fragte ich.

„Weil es im Morgen für mich nichts gegeben hat. Meine Welt war jene von gestern. Über sie erzählen, hieß mich selbst lebendig zu halten, wie ich sein wollte."

„Ist es das, worüber man schreiben muss? Die beste Version seiner selbst?"

„Ja“, sagte er, als würde er mit einem dummen Kind sprechen. Dann hob er die Zigarre zum Mund und zündete sie an.
„Nein“, sagte ich bestimmt, „denn dann bleibt nichts mehr für die Zukunft.“ Er blies den Rauch direkt in meine Richtung, als er mich ansah. Obwohl er mir in den Augen brannte, hielt ich seinem Blick stand.
„Spielen wir“, sagte er dann bestimmt.

Er zog die erste Karte. Die Pik-Dame.
„Man sagt, diese Karte bringt Unglück“, sagte ich.
„Ich bin an diesem Ort gefangen“, entgegnete er, „wieviel mehr Unglück kann ich schon haben?“
„Auch du bist eine verlorene Generation“, sagte ich.
„Ja. Ich bin eine verlorene Generation. Du bist es nicht.“
„Doch“, entgegnete ich, „unsere Welt bricht auseinander. Die Weltordnung, wie wir sie kennen, wird in weniger als zehn Jahren nicht mehr existieren.“
„Dann ist noch Zeit. Und ihr Jungen könnt viel mehr bewirken als wir damals.“
„Du irrst dich“, versicherte ich ihm.
„Dann bleib bei mir“, sagte er.
Ich runzelte die Stirn: „Was meinst du?“
„Bleib hier. Du musst nicht zurück.“
„Ich muss weiter. Ich bin noch nicht am Ziel. Ich muss den Momentesammler finden“, sagte ich sicher.
„Und wenn ich dir sagte, dass du ihn schon gefunden hast?“
„Dann würde ich dir nicht glauben. Und es würde mich enttäuschen, dass ein Mann, der solche Worte aufs Papier gießen kann, dessen Sätze ich so sehr genossen habe, ein Lügner ist.“
„Weshalb nicht?“, fragte er.
Ich erhob mich langsam und drehte dann meine Karte um. Es war der Herz-König.
„Jeder Schatten“, sagte ich zu ihm, „ist nur ein Kind des Lichts. Das alles hier ist der Schatten. Siehst du?“

Ich trat an die Tapete und löste ein Stück davon. Dahinter befand sich Finsternis.

„Dann schreibst du also das Buch über die Welt von Morgen?“, fragte er und die Ironie in seiner Stimme war nicht zu überhören.

„Nein“, entgegnete ich, „ich schreibe ein Buch über die Gegenwart, denn es ist der einzige Punkt in der Geschichte, in der ich produktiv sein kann. Ich mag nicht immer die beste Version meiner selbst sein. Aber – es ist immer den Versuch wert.“

Dann wandte ich mich um und riss die gemusterte Tapete bis zum Boden hinunter. Mit einem Schritt verschmolz ich mit der Finsternis. Ich hatte keine Angst. Noch war ich nicht am Ziel.

13. Kapitel

In der Lindenstraße 5.

Als Emma damals von der Reise zurückgekehrt war, hatte sie sich gegen die geschlossene Türe gelehnt. Michele konnte die Türe von außen nicht öffnen, als er nach Hause kam. Irgendwann drückte er so fest an, dass er Emma ein Stück weit in den Raum schob.

„Was machst du hier?", fragte er, aber sie begann nur, von den warmen Lichtern des Campo de' Fiori zu erzählen. Sie beschrieb den Schatten Giordano Brunos, der sich allabendlich um seine Füße legte. Ihre Zunge stotterte, als sie gleichzeitig sprechen und schmecken wollte, wovon sie gekostet hatte. Michele setzte sich zu ihr.

„Ein Mann?", fragte er. Sie nickte. Dann begann sie, die Hände vor den Körper zu halten als wolle sie etwas beschreiben. Ihre gespreizten Finger waren angespannt und es war, als würde sie einen großen Ball halten wollen. Emma atmete tief ein.

„Ich habe so etwas noch nie gefühlt. Es war, als würde etwas in meiner Brust zerspringen und doch weitete sich alles zu einer unendlichen Leichtigkeit, die ich noch nie empfunden habe. Es war, als würde sich in meinem Inneren ein Tier einen Weg aus seinem Kokon bahnen. Es riss und zerrte in mir und doch war es ein so warmes, erleichterndes Gefühl. Ich weiß nicht, was es war. Ich kann es nicht benennen." Sie sah ihn hilflos an.

Michele dachte an Schiele.

„War es wie das Zerplatzen eines Luftballons?", fragte er.

Sie schüttelte den Kopf: „Weicher, sanfter."

„Wie heißer Dampf, der aus dem Inneren aufsteigt?"

Emma schüttelte den Kopf: „Bestimmter, klarer."

„Wie Regen, der auf deine Sinne prasselt?"

Sie schüttelte den Kopf: „Stetiger, klingender."

„Nun, da hast du dich wohl verliebt."

Sie schüttelte noch einmal den Kopf: „Nein. So einfach kann man das nicht sagen."

„Wirst du ihn wiedersehen?", fragte Michele.

Sie drehte den Anhänger ihrer Kette zwischen Daumen und Zeigefinger. „Ich weiß es nicht“, sagte sie ehrlich.

Sie sahen einander wieder. Immer, wenn Emma in die Ewige Stadt zurückkehrte, trafen sie sich. Und wenn sie es taten, war es, als existierten sie nur unter einem Glassturz; in einer Welt, in der nur Platz für sie beide war. Manchmal versuchten sie, dem anderen ein Wort aus der Muttersprache beizubringen und er küsste ihr die Versuche, seine zu sprechen, von den Lippen hinunter. Dann genoss er ihre Wärme, wenn sie still auf ihm lag. Sein Atem wurde ruhiger, wenn sie ihm über Kopf und Gesicht strich, wenn ihre Körper die gemeinsame Hitze noch gespeichert hielten.

Irgendwann stand Raffaele am Fenster; die Zigarette in der Hand. Die Nacht zuvor hatten sie sich hinreißen lassen und zueinander „ich liebe dich“ gesagt.
Und jetzt sagte er: „Warum liebst du mich?“ Sie konnte ihm nicht gleich eine Antwort geben, denn die Liebe war ihr ein Rätsel.
„Du bist stark“, sagte sie dann und wusste sofort, dass sie das Falsche gesagt hatte. Er schloss kurz die Augen und nahm dann einen weiteren Zug seiner Zigarette, wobei er die Schultern angezogen ließ. Er nahm ihre Hand.
„Du bist wundervoll“, sagte er leise, „ich wünschte, wir hätten mehr Zeit. Ich wünschte, wir könnten zusammen sein.“ Eine Gänsehaut überlief Emmas nackten Körper.
„Warum geht es nicht?“, fragte sie. Er wandte sich ab und sah traurig auf die verblichenen Fassaden gegenüber.
„Es geht nicht“, sagte er dunkel.

Eines Tages, als er die Hände in ihren Haaren vergraben hatte, fragte er, was sie im richtigen Leben war. Ihr gefiel die Formulierung, denn sie wähnte sich gerne hier an einem besonderen Ort, fern von Zeit und Raum.

„Ich bin Schriftstellerin“, sagte sie und etwas in seinem Gesichtsausdruck sagte ihr, er hatte sie unterschätzt. Das nächste Mal, als sie einander sahen, brachte er eine Flasche Rotwein mit. Er schenkte ihnen beiden ein und setzte sich dann an den Bettrand. Raffaele begann, ihr eine Geschichte zu erzählen. Er sprach von einer amerikanischen Sommerliebe, von den Weinbergen Kaliforniens und von prallen, reifen Trauben, die köstlich auf der Zunge zergingen. Im Gegenzug erzählte sie ihm die Geschichte eines Opernbesuchs und eines Kusses, von dem sie gehofft hätte, er würde für immer andauern. Am nächsten Abend setzten sie sich ans Ufer des Tiber und sprachen wild darauf los. Sie erzählten Geschichten, übertönten den anderen, unterbrachen ihn und schwammen eine Weile im Redefluss des anderen mit, ehe die Worte im Flussbett der Fantasie versickerten.

Wenn sie im Bett lagen, beobachtete er manchmal wie der Sekt in ihrem Bauchnabel versickerte und seine Zunge fischte danach ehe er zu erzählen begann. Manchmal vergaß sie das Ende ihrer Geschichte, weil sie sich so sehr auf seine Bewegungen einließ, dass sie nur noch aus Fühlen bestand. Stumm griffen ihre Lippen ineinander, atemlos in ihr Spiel verstrickt. Er ließ ihr manchmal Zeit, sich lange auf ihm zu bewegen, dann nahm er sie schnell und fordernd. Irgendwann in jeder Nacht, nachdem der Schweiß auf ihrer Haut getrocknet war, nachdem seine Hände die Reise über die Hügel ihres Körpers beendet hatten, nachdem sie von seinen starken Armen gelassen hatte und ihre Schenkel ihn nicht mehr gefangen hielten, stand er auf. Immer rauchte er noch eine Zigarette, dann musste er gehen.

Einmal sagte sie „geh nicht“ und beobachtete, wie die silberne Kette auf seiner dunklen Haut das Licht reflektierte.
„Du weißt, ich muss“, sagte er, „ich muss früh arbeiten.“
„Du willst nicht“, stellte sie fest, weil sie wusste, dass er log.
„Emma“, er betonte ihren Namen wie immer auf der letzten Silbe, „wir können nicht nebeneinander aufwachen.“
„Was hast du?“, fragte sie, aber er schwieg.

„Rimani, ti prego“, flüsterte Emma.
„Non posso“, entgegnete er und küsste sie noch einmal, bevor er das Zimmer verließ, wobei er die Nase in ihre Halsbeuge vergrub und ihren Erdbeerduft in sich aufnahm, „ma ci vediamo.“

Oft sah sie ihm nach, wenn er durch den Innenhof ging und immer winkte er noch hinauf. Sie wusste, dass etwas nicht stimmte. Aber sie konnte ihn nicht gehen lassen. Es würde bedeuten, das Geschichtenerzählen aus ihrem Leben zu lassen. Wenn er gegangen war, setzte sie sich immer noch hin und schrieb eine Szene. Es konnte eine Beschreibung der Ereignisse der Nacht sein oder etwas frei Erfundenes. Manchmal versuchte sie zu verstehen, weshalb er schlecht gelaunt war, manchmal ließ sie alles beiseite und beschrieb nur, wie es sich anfühlte, in seiner Nähe zu sein. Die Leidenschaft für ihn blieb und alle Momente, in denen sie magisch von ihm angezogen wurde.

„Er musste sein Geheimnis bewahren“, sagte sie zu Michele, „damit er zu meiner Geschichte werden konnte. Vielleicht sollte ich nie erfahren, was es ist.“
„Weil er für dich zu allem werden kann?“, fragte Michele, als sie wieder einmal auf dem Boden saßen, diesmal mit einer Flasche Wein, die sie abwechselnd an die Lippen setzten. „Ja.“
„Emma, das ist gelogen.“
„Nein. Das ist Erzählung. Das ist die Konservierung eines magischen Moments.“
„Aber es ist nicht so passiert“, gab er zu bedenken. Sie wandte sich ihm zu.
„Ein kleiner Funke ist immer genau so passiert. Wenn du genau hinsiehst, kannst du es sehen. Du siehst die Leidenschaft in seinen Augen, du fühlst die Ruhe seines Körpers, wenn er nicht der Spaßmacher für alle sein muss, du spürst, wenn er sich gegen deinen Arm lehnt. Alles das ist genau so gewesen. Das ist der Kern von allem. Und diesen Kern werde ich nie vergessen.“
„Er hat sich nicht mehr gemeldet?“, fragte Michele.

„Nein“, sagte sie dumpf. Sie dachten beide das Gleiche.
„Manches war so wahr, dass ich wünschte, dieser Moment wäre nie zu Ende gegangen. Aber dann ist er aufgestanden und gegangen“, ihre Augen waren weit in die Ferne gerichtet.
„Du nimmst das Gute mit“, er legte eine Hand auf ihren Arm.
„Ich habe Julia gebeten, mich für immer an diesen Zauber zu erinnern.“
„Deine Inspiration?“, fragte Michele.
„Das ist ein sehr altmodischer Ausdruck“, sie überlegte kurz, „aber ja, natürlich. Meine Inspiration.“
„Es wird eine andere Inspiration geben.“
Sie nahm noch einen Schluck.
„Ich hoffe, du hast Recht. Ich hoffe es sehr“, erschöpft lehnte Emma den Kopf zurück.
„Was hast du ihm gesagt?“, fragte Michele dann.
„Die Wahrheit“, sagte sie, „dass er mich inspiriert hat wie niemand sonst. Dass er immer einen Platz in meinem Leben haben wird. Nichts davon war gelogen.“

Langsam erhob sie sich; noch immer wie in Trance.
„Ich muss noch zu meinen Eltern“, murmelte sie.

Am nächsten Morgen war Emma verschwunden.

Das Boudoir der Schauspielerin.

Sofort, als ich durch die Holztüre getreten war, wusste ich, an welchem Ort ich ankommen und wen ich hier treffen würde.
Noch immer hob sich der hellgraue Stein des Kamins von dem dunklen Holz der Wände ab. Noch immer zeigte der Teppich ein Muster aus gedeckten Herbstfarben.
Noch immer erhellte nur das erschöpfte, fahle Licht eines Winternachmittags das Zimmer.

Ich nahm ihn erst wahr, als er neben mir stand. „Dan", lächelte ich und wollte ihn umarmen, aber ich griff durch ihn hindurch.
„Ich bin nicht real", sagte er und hob sein T-Shirt. Auf seinen ganzen Körper war der Text des Schauspiels *Reigen* tätowiert.
„Ich würde dich fragen, was du hier tust", sagte ich, „aber es ist mir völlig klar. Bist du etwa der Momentesammler?"
„Nein, ich bin es nicht", gab Dan zur Antwort und seine großen Augen leuchteten, „noch bist du nicht am Ziel."
„Ich habe dich vermisst", sagte ich dann.
„Aber Emma. Es ist doch gleich, wo du bist, wenn du weißt, was uns verbindet. Gleich, wo ich bin, du bist immer bei mir."
„Werde ich nun endlich schreiben können? Erzählen durch Worte, so wie ich durch meinen Körper erzählt habe, als ich deine Schauspielerin war?", fragte ich.
„Du hast es doch längst getan", antwortete Dan und seine gütigen Augen strahlten noch mehr wie immer, wenn er wusste, ich war nahe dran zu begreifen, was er mir beibringen wollte.

„Du hast mir etwas mitgebracht", sagte er, „nicht wahr?"
Meine Hände schlossen sich um die Lorbeerkrone. Als er zwischen der Krone und mir hin- und hersah, spiegelte sich in seinem Gesicht die Klugheit eines alten Mannes ebenso wie die ihm zu eigen gebliebene Neugier eines Kindes.

Er nahm mir die Krone ab, dann führte er mich zum ersten der Ölbilder, die die Wand schmückten. Es zeigte nicht den altehrwürdigen Professor, den ich erwartet hatte. Stattdessen war das Foto von vier Freunden zu sehen, die vor der Fontana di Trevi in die Kamera lächelten. Als sie mich sahen, beugte sich einer von ihnen aus dem Bild hinaus und gab mir die Postkarte der Akropolis in die Hand.
„Der richtige Zeitpunkt kommt immer", erinnerte er mich.
„Danke", sagte ich, nahm die Postkarte entgegen und steckte sie in die Blätter der Lorbeerkrone.

Auf dem nächsten Bild war ein junger Geiger zu sehen, der vor riesigem Publikum spielte. Von seinem Instrument stiegen Noten auf, die sichtbar über ihm tanzten, ehe eine von ihnen den Rahmen verließ und in meine Hand schwebte. Auch sie steckte ich in die Blätter dazu.

Das nächste Bild war ein Hochzeitsfoto. Die junge Frau darauf löste sich von ihrem Mann. Das Kleid aus cremefarbiger Spitze strich über den Boden, als sie sich mir näherte. Sie griff in ihren Nacken, um die Kette zu öffnen, die sie um den Hals trug. Der Anhänger schwang sanft hin und her, als sie ihn mir hinausreichte. Sie zwinkerte mir noch zu und sagte: „Man kann nicht alles planen."

Auf dem nächsten Ölgemälde blickte mich ein Mann an, dessen helle Augen mir lange Zeit so vertraut gewesen waren. Vor ihm auf dem Tisch standen eine Flasche Rotwein und zwei Gläser. Auch er gab mir ein Foto, auf dem ein Paar zu sehen war, das einen Sandstrand entlangtanzte.
„Sehen wir uns wieder?", fragte er.
Ich nahm ihm das Foto ab: „Wenn wir es tun, wirst du mir von der Magie dieses Augenblicks erzählen. Und nur davon", sagte ich und hielt ihm das Foto hin.
Er nickte: „Das verspreche ich."
Die Frau auf dem nächsten Bild war so ins Kochen vertieft, dass sie mich nicht wahrnahm. Die Hitze aus den Töpfen vor ihr hatte ihre

Wangen rot gefärbt. Weil ich sie nicht stören wollte, griff ich nach einem kleinen Säckchen rostroten Pulvers, das am Tischrand stand.

Das nächste Bild zeigte einen Strand. Sanft versanken die Wellen zwischen den Steinen. Ein einziges Haus war zu sehen, dessen Fassade über und über mit Muscheln bedeckt war. Weil ich versuchte, im stetigen Auf und Ab der Wellen einen Rhythmus zu erkennen, bemerkte ich nicht, dass eine Muschel in meine Hand geglitten war. Erst Sekunden später erwachte ich aus meiner Trance und legte sie in die Blätter der Krone.

Das nächste Bild gab den Blick in eine Schauspielgarderobe preis, deren Einrichtung ihren Ursprung auf das Ende des 19. Jahrhunderts datierte. Eine Frau hielt die Hände auf ihren Unterbauch und weinte. Als sie mich sah, nahm sie ihr kleines Medaillon aus der Schatulle und schenkte es mir. Mit schwerem Herzen nahm ich es entgegen, als sie sagte: „Ich brauche es jetzt nicht mehr." Als ich weiterging, hoffte ich, dass ihre Geschichte doch noch ein anderes Ende finden würde.

Das nächste Bild zeigte einen jungen Mann vor einer Leinwand. Sein heruntergekommenes Äußeres hob sich von den hellen Farben ab, die er auf die Leinwand aufgetragen hatte. Sein Blick war auf sein Gemälde gerichtet und es war, als würde er es mit einem besonderen Menschen verbinden. Als er sich umwandte, stieß er einen Farbtopf um und das helle Blau ergoss sich über den Holzboden des Bildes, bevor es über den Rahmen hinunterfloss und ich etwas davon mit der Lorbeerkrone auffangen konnte. Er lächelte traurig und sah mich fortgehen.
Auf dem nächsten Bild waren zwei Männer zu sehen, die in einem Straßencafé in Barcelona saßen und miteinander lachten. Jener, der die Haare im Nacken zusammengebunden hatte, reichte mir eine Postkarte aus dem Norden: *Ich habe große Neuigkeiten! Bis ganz bald! Beso, Laura.*

Das letzte Bild im Raum zeigte eine Strandbar bei Nacht. Einige Jugendliche tanzten auf der kleinen Tanzfläche davor. Als sie mich sah, sprang mir eine der jungen Frauen entgegen. „Sophia!“, sagte ich atemlos.
Statt eines Andenkens oder Schmuckstücks drückte sie mir ein Glas Caipirinha in die Hand.
Ich lachte.
„Komm bald zurück“, sagte sie nur und hüpfte wieder zurück in Richtung Musik.

Ich wandte mich zu Dan um. Er deutete auf den großen, gerahmten Spiegel, der in der Ecke des Zimmers stand. „Du musst noch den Momentesammler finden. Aber sei vorsichtig – dir steht noch eine Prüfung bevor. Eine Art Feuerprobe“, sagte er.
„Feuerprobe? Wie in der *Zauberflöte*?“
Er breitete die Arme aus: „Wie in allen großen Geschichten.“
„Werde ich wieder hierher zurückkommen können?“, fragte ich.
„Wann immer du willst. Du besitzt einen Schlüssel. Deine Inspiration.“
Ich schmunzelte: „Das ist ein sehr altmodisches Wort“ Und ich dachte dabei an die Lichter des Campo de Fiori, über die Giordano Bruno wachte.
Von einer Sekunde auf die andere wurde mir schwer ums Herz.
„Ist es immer der gleiche Schlüssel?“, fragte ich.
„Das liegt alleine an dir“, gab er zur Antwort, „du wirst verstehen, wenn du soweit bist.“
Er reichte mir die Krone.
„Pass auf dich auf“, sagte er noch.
Mit klopfendem Herzen nickte ich, lächelte ihn an und blickte dann in mein Spiegelbild, das sich blass und zugleich neugierig zeigte. Es wandte sich um und ging voraus. Mit einem tiefen Atemzug durchschritt ich das Glas des großen Spiegels, um ihm zu folgen.

Auerbachs Keller.

Ich ging einen dunklen Tunnel entlang. Hier und dort leuchtete ein kleines Licht neben mir auf, das mir die kalten Steinwände aufzeigte. Nachdem ich die ersten Schritte gegangen war, wurde mir eiskalt. Da ich die Lorbeerkrone noch immer trug, konnte ich meine Arme nicht um den Körper schlingen, um mich vor der Kälte zu schützen. Ich sah zu, wie meine Nägel blau anliefen und mein Atem sich vor meinem Mund zu einer Dampfsäule aufbaute. Von einem Moment auf den anderen wurde es heiß. Die plötzliche Hitze traf mich wie ein Schlag. Taumelnd schloss ich die Augen. Ich wusste, ich durfte nicht stehenbleiben, also ignorierte ich das Flimmern, das mir in den Augen brannte, und setzte weiterhin einen Fuß vor den anderen. Die Hitze, die vom Boden aufstieg, brachte meine Fußsohlen zum Glühen. Erst kam die Musik von ganz weit weg, dann konnte ich die Töne deutlich hören. Je näher die Melodie kam, desto mehr öffnete sich am Ende des Tunnels eine Türe. Als ich bei ihr angekommen war, stieg ich in einen Keller hinab.

Vor mir öffnete sich ein riesiger Ballsaal, in dem ein Orchester spielte. Alles glänzte hell. Menschen in bunten Kleidern wirbelten durch den Saal; das ganze Fest war erfüllt von Leichtigkeit. Auf dem Buffet türmten sich Früchte und Kuchen. Ich schloss die Augen, um die verschiedenen Gerüche aufnehmen zu können. Von der Schale mit dem Konfekt stieg ein Marzipanduft auf. Von dem Paar, das soeben vorbeigetanzt war, wehte mir eine Veilchennote entgegen.
„Guten Abend", ein junger Mann stellte sich neben mich und bot mir die Hand zum Tanz an. Sein dunkler Anzug saß perfekt. Ich blickte an mir herunter und stellte fest, dass ich ein Kleid aus fließendem Silberstoff trug.
„Guten Abend", antwortete ich und ließ mich von ihm auf die Tanzfläche führen. Erst, als ich mich mit ihm im Walzertakt drehte, bemerkte ich, dass die Wände voller Bücher kostbarster Ausgaben waren. Staunend ließ ich den Blick schweifen.

Als der Tanz zu Ende war, führte er mich auf die Terrasse hinaus. Sein dunkles, holziges Parfum vereinnahmte meine Sinne, als er mir ein Sektglas reichte.
„Du bist wunderschön", sagte er.
„Ich danke dir", gab ich höflich zurück und ließ mich küssen. Die Augen aber ließ ich geöffnet und konnte daher eine Bewegung zu meiner Rechten wahrnehmen. Ich schrak zurück.
„Was war das?", fragte ich.
„Nichts. Nur der Hofnarr vermutlich. Komm her", er führte mich zu einer Steinbank, „ich möchte dir etwas schenken."
„Wer bist du?", fragte ich.
„Jemand, der dir alle Wünsche erfüllen kann. Alle Sehnsüchte. Alle Tagträume", er nahm einen Schluck Sekt. In der Sekunde, in der er mich ansah, wechselte seine Augenfarbe von tiefblau nach hellrot. Ich blinzelte. Er sah beiseite.
„Ich schenke dir die Möglichkeit, für immer in deiner Fantasie zu bleiben", sagte er.
„Was willst du dafür?", fragte ich.
„Deine Krone."
Ich blickte auf die Krone in meinem Schoß, die mit allen Kostbarkeiten gefüllt war.
„Du kannst für immer in deiner Fantasie bleiben, für immer in deinen Träumen verweilen", sagte er und hielt mir einen kleinen Spiegel hin, „siehst du? Du musst niemals wieder zurück."
Im Spiegel sah ich ein weites Lavendelfeld. Wie magisch wurde ich von dem Bild angezogen.

Da sprang eine Gestalt auf mich zu. Sie packte den Spiegel und warf ihn zu Boden. Erschrocken sah ich den Mann an, zu dessen Füßen sich die Glasscherben ausbreiteten. *Faust* trug ein weißes Hemd, eine dunkle Hose und hatte die grauen Haare im Nacken zusammengebunden. Die Umstehenden betrachteten ihn mit einer Mischung aus Zorn und Abscheu.

„Verkaufe dich ihm nicht“, er kniete vor meine Füße, „tue das nicht. Glaube mir, das willst du nicht!“
„Aber ich könnte für immer hier sein“, ich nahm Fausts Hände in meine und konnte die tiefen Furchen in seinem Gesicht sehen, die angestrengte Leere in seinen Augen, die zu viel gesehen hatten, als er mich schließlich ansah.
„Du darfst kein Geist werden. Denn deine Fantasie musst du dir durch deine Menschlichkeit erst verdienen. Hast du schon vergessen, dass alles seinen Preis hat?“, er nickte zur Krone in meinem Schoß, „die uneingeschränkte Vorstellungskraft kostet dich das reale Erleben all dessen. Du wirst es sehen und beschreiben können. Aber nicht mehr fühlen.“
„Warum nicht?“, fragte ich und hörte die Furcht in der eigenen Stimme.
„Du bist dann ein Geist. Geister haben keine Körper und keine Sinne. Folglich können sie nicht fühlen.“
„Aber ich würde nicht mehr um Formulierungen kämpfen müssen. Ich könnte immer schreiben. Ich hätte keine Angst mehr vor dem Anfang“, entgegnete ich und merkte, dass sich der Kreis der Festgäste immer enger um uns zusammenzog.
„Nein, die hättest du nicht. Aber nur, weil du keine Subjektivität mehr hast. Ohne die Angst vor dem Anfang wird es nie wieder Inspiration geben, keine Schlüssel mehr. Wenn du ihm deine Seele verkaufst, kann dieser Kern in dir selbst keine Subjektivität mehr schaffen.“
Als im Hintergrund Wachen auftauchten und begannen, sich einen Weg durch die Menschen zu bahnen, legte er eine Hand an meine Wange: „Mach nicht meinen Fehler. Gib ihm keine Macht über dich.“

Sie packten ihn und zogen ihn auf die Füße. Bevor er ganz verschwand, rief er noch: „Vergiss nicht, Goethe glaubte an weiße Rosen!“
Und da verstand ich.

Ich wandte mich zu dem jungen Mann um.
Er lächelte, als ich meine Hände auf seine Brust legte. Ich begann, sein Sakko auszuziehen, danach das Hemd, unter dem die Brust eines Wolfes zum Vorschein kam und schließlich die Hose, unter der ein

Klumpfuß versteckt gewesen war. Zuletzt packte ich ihn beim Haaransatz und riss den Großteil seines Gesichtes herunter. Das freigelegte rote Auge funkelte mich an; der Bart quoll zwischen der zerrissenen Haut hervor und aus seiner Stirn, dort, wo der Riss ansetzte, wuchs ein Horn.

„Mephisto", sagte ich, „jetzt höre mich an: Ich glaube an die Liebe und an den Hass. An die Freude und an die Angst. An das Leben und an den Tod. Und damit glaube ich an das Menschliche im Schreiben. Das Erzählen gehört uns Menschen, nicht den Geistern, nicht dir. Du bist eine Figur, die wir erschaffen haben. Wir haben sie aus unseren Träumen und unserer Angst erschaffen. Es gehört beides in meine Welt. Deshalb muss ich zurück."
„Wir sehen uns wieder", sagte er dunkel.
„Ja", ich nickte, „und jedes einzelne Mal werde ich es wieder mit dir aufnehmen."
Er schnappte nach mir.

Ich wich zurück, wandte mich um und lief die Stiegen zum Hafen hinunter. Das Schiff lag schon bereit. Die Segel trugen winzige Eiskristalle auf dem weißen Untergrund; das Holz schimmerte bläulich im Mondlicht. Ich raffte mein Kleid hoch und eilte über die Brücke an Deck. Der Kapitän des Schiffes, von dem man sagte, er sei ein König, der schon lange unterwegs war, nahm mich an der Hand. Einige Taue lagen am Fuße des Mastes. Es schien, als wäre jemand damit angebunden gewesen. Daneben lag ein Schlauch, aus dem alle Luft entwichen war.

Und dort, an Deck des Schiffes, das nur aus Mondlicht bestand, trat ich dem Momentesammler gegenüber.
Er trug die Augen aller Menschen, die ich liebte und die Lippen aller, von denen ich je geküsst worden war. Seine Brust war weit und hell, weil er mich mit dem ganzen Körper umarmen wollte und seine Statur war stark und fest, weil er immer einen Platz hatte. Er nahm

mir die Krone aus der Hand und sagte mit tausend Stimmen, die mich je ins Innerste berührt hatten: „Knie nieder."

Ich ließ die Knie auf den Schiffsboden sinken, das Abendkleid floss silbern von mir weg, sodass es einen Kreis um mich bildete. Die winzigen Tautropfen, die dem Stoff anhafteten, reflektierten die Sterne, die weit über uns ehrfürchtig erstrahlten. Fern aller Augen, nur unter den Sternen eines unbekannten Himmels, wurde ich nun endlich zur Dichterin gekrönt.
Ich fühlte mich unendlich alt, weil ich den Weg spürte, der hinter mir lag und zugleich sehr jung, weil ich den Eindruck hatte, kilometerweit fliegen zu können, hier und jetzt, und jede Geschichte zu erzählen imstande zu sein, die ich mir erträumen konnte.

Der König trat neben mich und half mir, mich zu erheben. Als ich den Kopf hob, war der Momentesammler verschwunden. Stattdessen stand ein kleines blaues Fläschchen vor mir. Ich hob es auf.

„Wohin fahren wir?", fragte ich den König.
„Nach Hause", antwortete er und nickte in Richtung Fläschchen.

Ich ließ seine Hand los und beugte mich über die Reling. Das stille Wasser spiegelte mein Gesicht und die herrliche Krone, die ich trug. Niemals zuvor hatte ich mich so schön gefühlt.

Aber ich wusste, wie es enden sollte.
Daher entkorkte ich das kleine Fläschchen und leerte es in einem Zug. Aus dem Wasser erhoben sich milchig-trübe Rösser. Ihre mächtigen Körper durchbrachen die Stille der Oberfläche und richteten sich gigantisch neben dem Schiff auf. Der Stoff meines Kleides leuchtete von den Perlen, die das Wasser darauf hinterließ. Der König schwang sich auf eines der Pferde.
Er nahm meine Hand. Und führte mich an den Anfang meiner Welt.

14. Kapitel

In der Lindenstraße 5.

„Ich habe euch eigentlich schon lange keine Geschichte mehr über einen Drachen erzählt“, begann Christoph.

Michele stand in der Küche und wollte Bier holen, als ihm das große rote Kreuz auf dem Kalender auffiel. Erst versuchte er, es mit Prüfungen auf der Universität in Verbindung zu bringen, aber es gelang ihm nicht.
„Was …“, begann er, als Isabella zu ihm in die Küche kam.
„Frag nicht“, sagte sie nur und lächelte, „wir werden sehen.“
Dann verschwand sie wieder und er folgte ihr.

„Welcher Drache ist es heute?“, fragte Francesco, der den Arm um Julia gelegt hatte.
„Es ist ein wirklich großer, wirklich blauer Drache, der sich eigentlich verirrt hatte …“
„Wo ist die Chipsschüssel?“, rief Isabella, deren Kopf zur Hälfte in der Anrichte steckte.
„Woher soll ich das denn wissen? Und jetzt lass mich meine Geschichte erzählen! Wie schon gesagt, er war groß und blau …“
Michele füllte Erdnüsse in eine kleine Schale, die über und über mit roten Punkten geschmückt war.
Isabella raschelte mit den Chips, als sie endlich die Schüssel gefunden hatte und Julia stand noch einmal auf, um den Bieröffner zu holen. Isabella winkte sie zurück und öffnete Christophs Bier in altbekannter Art an der Tischkante.

„Ihr interessiert euch heute gar nicht für meine Geschichte!“, protestierte Christoph, „dabei bin ich doch heute so gut drauf und möchte unbedingt erzählen!“
„Ja, dann fang an!“, Michele setzte sich neben ihn auf die petroleumfarbige Couch und verzog das Gesicht, weil er auf dem Pharmakologielehrbuch gelandet war. Er legte es zur Seite.

„Ich möchte jetzt endlich wissen, was mit dem blauen Drachen passiert ist!“, lachte Francesco.
„Seht ihr? Wenigstens einer weiß meine Kunst zu schätzen!“, Christoph erhob den Zeigefinger.
„Streber“, murmelte Isabella und bewarf Francesco mit einer Erdnuss.
„Also dieser große, sehr blaue, ich würde fast sagen, *eisblaue* Drache …“

Ein Schlüssel drehte sich im Schloss. Alle blickten zur Türe und Christoph sagte: „Emma?“

Epilog. Schlüssel.

Irgendwann am Abend.

Emma kehrte aus beruflichen Gründen in die Ewige Stadt zurück. Ihre beiden Kollegen von der Universität schlossen sich ihr zum Abendessen an. Sie wollte in eine kleine Trattoria nahe des Campo de' Fiori. Langsam schlenderten die drei durch die schwach erleuchteten Gassen. Sie sprachen über Studenten, über das seltsame Leben als Universitätsassistenten und über alles, was sie mit dieser Stadt verbanden. Das Licht der Straßenlaternen überzog die Pflastersteine mit goldenem Glanz; auf den Gehsteigen standen wackelige Tische und hier und dort huschte eine Ratte vorüber. Der Verputz der Fassaden blätterte ab und offenbarte die Ziegelsteine darunter.
Sie hörten das Plätschern des Vier-Ströme-Brunnens, der um diese Uhrzeit von mehreren Scheinwerfern hell erleuchtet war, sodass auf der Haut der muskulösen Statuen kleine Schatten tanzten.

Nur halb dem Gespräch der beiden folgend, ließ Emma den Blick schweifen. Und da stand er, ihr Schlüssel. Instinktiv blieb sie stehen. Natürlich war er es – seine Haltung verriet es, die Art, wie er die Zigarette zwischen den Fingern hielt und sich an der Steinmauer gegenüber des Lokals anlehnte. Seine Augen waren melancholisch auf das Treiben vor ihm gerichtet. Ihre Begleiter waren ebenfalls stehengeblieben.
„Was ist?", fragte Amalia und folgte Emmas Blick.
„Ich weiß nicht", antwortete sie.
„Kennst du ihn?"
„Ich weiß nicht", wiederholte sie, weil sie sich tatsächlich nicht sicher war, ob sie irgendetwas mit Sicherheit über ihn wusste. Wie zur Antwort blitzte die silberne Halskette unter seinem Hemd hervor. Ja, vielleicht diese Geschichte war wahr.
„Geht schon vor", sagte Emma gedankenverloren und fragte sich, wie es ihm wohl ging.
„Ist alles in Ordnung?", Amalia klang besorgt.

„Ja", sagte Emma, „ich komme wirklich gleich nach."

Raffaele drückte die Zigarette auf dem Vorsprung aus und wandte sich wieder dem Restaurant zu. Die Tatsache aber, dass er sich nicht davorstellte, um Touristen anzusprechen, sondern mit zwei Kellnern sprach und dann im Inneren verschwand, sagte ihr, es war seines. Es sagte ihr, er hatte sich diesen Traum erfüllt. Und dann, als er wieder hinaustrat, eine Flasche Wein für die Gäste in der Hand, lächelte er. Es war nicht das aufgesetzte Touristenlächeln, sondern jenes, das ihn abenteuerlustig und bubenhaft zugleich aussehen ließ. Ein Lächeln, das sie erhalten hatte, wenn sie zusammen gewesen waren. Sie schluckte, hatte den unverwechselbaren Geruch seiner Haut in der Nase und wäre gerne direkt auf ihn zugegangen, um ihn zu küssen, ihn zu fragen, was er erlebt hatte, um wieder magnetisch von ihm angezogen zu werden. Aber sie entschied sich, die Augen zu schließen und ganz leise „danke für alles" zu sagen. Dann wandte sie sich um und ging.

Raffaele stellte die Weinflasche ab und vergaß, welche Frage ihm soeben gestellt worden war. Die Haare der Frau, die sich dort vorne gerade umwandte, kamen ihm bekannt vor. Es war, als roch er plötzlich Erdbeeren. Unmöglich, sagte er sich, sie konnte unmöglich hier sein.
Das bildete er sich bloß ein, weil er vor wenigen Tagen zufällig ihr Buch im Schaufenster der Buchhandlung gesehen hatte.
„Ich danke dir", hatte sie zu ihm gesagt, als sie sich unter der Ponte Sisto voneinander verabschiedet hatten, „ohne dich hätte ich niemals angefangen, mein Buch zu schreiben. Auch du wirst ein Teil davon sein."

Ob er darin eine Rolle spielte? Er schüttelte den Kopf. Natürlich nicht – solche Versprechen wurden nur in lauen Sommernächten gemacht, in denen es schien, als würde alles, was passierte, für immer und alles, was gesagt wurde, ein ewiges Versprechen sein. Ihre Telefonnummer hatte er noch. Irgendwann hatte er ihr nicht mehr geantwortet. Vielleicht war es Zeit.

Morgen, sagte er sich, morgen.

Aber wie es die Art mancher Schlüssel war, sperrten sie nach einer Weile nicht mehr und mussten folglich in all ihrer Schönheit dort bleiben, wo sie waren. Sie waren perfekt gewesen und genau für ein bestimmtes Schloss zu einem bestimmten Zeitpunkt gemacht. Wenn sich aber das Schloss veränderte, passte auch der Schlüssel nicht mehr.

Nachwort.

Es ist wie Emma sagt. Geschichten finden dich.

Mich fand diese Geschichte in einem Park in Rom an einem Frühlingstag. Es war ein verwunschenes kleines Stück paradiesischen Grüns, in das ich mich verlaufen hatte. Eigentlich nämlich hatte ich einen anderen Park suchen wollen. Aber vielleicht war dies nur der erste Schritt zur Erkenntnis, dass die falschen Wege manchmal zum richtigen Ziel führen.

Das Schreiben ist eine merkwürdige Angelegenheit. Schon Werther wünschte sich, dass ihm weniger Talent, nennen wir es auch Zwang, und dafür mehr Zufriedenheit geschenkt worden wäre. Es geht mir oft genauso. Manchmal geht das Schreiben leicht von der Hand; es trifft dich, du setzt die Feder auf, beginnst, um irgendwann am Ende anzukommen. Es macht dir Freude, es heilt dich. Manchmal aber erdrückt es dich; du fühlst, du musst, aber du kannst nicht. Das Schreiben schnürt dir den Hals zu, raubt dir den Atem, lässt dich dein eigenes Unvermögen spüren. Du ringst mit der Formulierung, aber es gelingt dir nicht, das auszudrücken, was du wirklich sagen willst.

In diesen Momenten ist ein Schriftsteller alleine. Ich sitze nachts auf dem Fußboden, mit dem Laptop auf meinem Schoß, und starre auf den Bildschirm; ich mache einen Spaziergang und lasse die Gedanken kreisen, weit weg von mir, um ihnen den Raum zu geben, den sie benötigen. Wenn ich formuliere, muss ich immer alles noch einmal erleben; die Fülle all dessen, was die Essenz des Buches ausmacht. Es kommt die Leidenschaft zu mir zurück, die Liebe, der Hass, die Angst. Wenn der Tag anbricht nach einer Nacht des Schreibens, wenn die ersten Sonnenstrahlen das Zimmer zum Glänzen bringen, wenn das Licht auf die vielen Kaffeetassen fällt, wenn ein erstes rosa Glühen die Rotweinflasche anzuckert, lasse ich die Hände sinken. Falle erschöpft ins Bett. Schlafe tief und traumlos.

Nur zwei Dinge existieren in dieser Welt nicht, die ich aus dem richtigen Leben als Gegner und als Freunde kenne: die Wahrheit und die Perfektion.
Eine Freundin von mir, mit der ich in Cambridge Theater spielen durfte, sagte einmal, dass wir in diesen Nächten alles waren, was wir sein wollten, alles, was wir vielleicht schon immer waren und alles, was wir hätten sein können. Diese Feststellung, die sie mir in einem Brief mitteilte, ließ mich nicht mehr los. Was sie mit diesen wenigen Worten definierte, wurde für mich zu einem Synonym für das Schreiben selbst. Beim Schreiben geht die Wahrheit eine unwiderstehliche Kombination mit Möglichkeiten ein. Sie fügt sich in einen wilden Reigen mit Wahrnehmungen und Überzeugungen.

In diesem Strudel aus Empfindungen, diesem Sog aus Gedanken, kann so etwas wie Perfektion keinen Platz beanspruchen. Es gibt sie nicht. Das, was ich schrieb, würde ich in nicht einmal fünf Jahren ganz anders schreiben, da bin ich sicher. Aber die Zeit war gekommen, die Geschichte zu beginnen wie es eines Tages Zeit wurde, sie zu beenden. So wie alles im Leben seine Zeit hat.

Die wahre Reise begann lange vor der Ewigen Stadt an einem Herbsttag, an dem ich meinen Koffer auf einem fast verzauberten Bahnsteig aufsetzte und diese Reise führte mich an einen bis dahin unbekannten Ort: zu dem Labyrinth aus Gängen und Sackgassen und Weite in meinem Inneren. Bis auf wenige graue Haare sehe ich heute noch so aus wie an diesem Tag. Aber alles, das tiefer liegt, hat sich für immer verändert. Sie alle waren bei mir, als ich mein Labyrinth erschuf, das aus Tränen und Blut, Sonne und Wein, Salz und Erde, Papier und Farbe, Duft und Rausch entstand: Goethe, Schnitzler, Shakespeare.

Wenn ich verschwinde, bin ich dort.

Danksagung.

Das Buch ist für dich, Jutta, weil du mir nach allem, was passiert ist, wieder den Mut gegeben hast zu träumen.
Das Buch ist für euch, Oma und Opa, Omi und Opapa, dafür, dass ihr mich die Bedeutung von Geschichten gelehrt habt.
Das Buch ist für dich, Clemens, weil du das klitzekleinste wunderbare Puzzleteil meines Lebens bist.
Das Buch ist für dich, Dan, weil du Anfang und Ende meiner Fantasie warst und es immer sein wirst.
Dieses Buch ist für dich, Kirsti, weil ich mit dir jedes Gedankenexperiment wagen kann.
Dieses Buch ist für dich, Valeria, weil wir bewiesen haben, dass Nerds in der Welt ihren Platz haben.
Dieses Buch ist für dich, Moni, für eine Taxifahrt nach Sonnenaufgang.
Dieses Buch ist für dich, Alina, weil mich deine Definition des Schauspielens niemals mehr losgelassen hat.
Das Buch ist für dich, Valerie – für die genialsten Amaretto Sour meines Lebens.
Das Buch ist für dich, Marielen – für die erfolgreiche morgendliche Muffin- und Kaffeesuche in Stockholm.
Das Buch ist für dich, Sophie – Mekkahekkalekka shalabom shalabom (ein altes Sprichwort …).
Das Buch ist für dich, Elisabeth – für deine Fähigkeit, in einem Moment zu fühlen, dass sich ein Leben für immer verändern wird.
Das Buch ist für dich, David, weil du dich mit der Unendlichkeit so gut auskennst.
Das Buch ist für dich, Marie-Christine – für sehr vieles, aber vor allem für deine Gemüselasagne.
Das Buch ist für dich, Valentina – für den Soundtrack einer besonderen Situation.
Das Buch ist für euch, Thorsten, Christian, Clemchen, Stephy und Andy, weil ihr Rosésekt und Zaunerstollen für mich unsterblich gemacht habt.

Dieses Buch ist auch für dich, Isabella, weil du mir in Verona ein Zuhause gegeben hast, in dem ich in aller Ruhe schreiben konnte.
Dieses Buch ist auch für dich, Aino, weil du meinem Baby einen Geburtstag bereitet hast, den ich nie vergessen werde.
Das Buch ist für dich, Gabriele, für Tiramisu und Kaffee im Samstagsdienst.
Das Buch ist für euch, Pia, Claudia, Anna, Lara und Björn: Halleluja, Halleluja, Halleluja.
Das Buch ist für dich, Ulf – ohne karierte Tischdecken.
Das Buch ist für euch, Stefano und Valeria, für kühle Drinks in heißen Sommernächten.
Das Buch ist für euch, Kesia, Manu, Max, Alina, Philipp, Sophia, Daisey, Thierry, Torben – ja, sie zirpen. Ununterbrochen.
Natürlich ist das Buch für euch, Juliane und Bonnie, weil ich mit niemandem lieber das Stadtzentrum von Penzance gesucht hätte.
Schließlich ist das Buch auch für euch, Tatjana, Jozo und die Bande, weil die sizilianischen Nächte nicht schöner hätten sein können.
Und das Buch ist für dich, Roberto, weil es Momente gibt, die für immer bei mir sein werden.

Das Buch ist für euch, Mama und Papa, weil ohne euch nichts möglich gewesen wäre.

AUTORIN

Eva Mühlbacher wurde als erstes von vier Kindern im Februar 1990 geboren. Schon als kleines Mädchen las sie alles, was ihr unter die Finger kam. Diese Leidenschaft setzte sich in ihrem Studium der Deutschen Philologie fort, das sie 2016 mit dem „Master of Arts“ abschloss.

Dass das Schreiben sie ein Leben lang begleiten würde, zeigte sich schon früh, als sie lieber Geschichten erzählte, als Klavier zu spielen. Als ihre Eltern schließlich einsahen, dass das auch ein ganz passables Hobby war, stand ihren ersten längeren Texten, die sie mit 14 Jahren verfasste, nichts mehr im Weg.

Ihr erster Roman erschien schließlich 2013 im Arovell-Verlag.

Die Autorin liebt das Reisen; studierte in Cambridge, wo sie am Kamin über Goethes Werke philosophieren lernte und sich in Schnitzlers *Schauspielerin* verwandelte, lebte in Rom, wo sie sich von Pizza und Rotwein ernährte und nachts über die Piazza Navona tanzte, unterrichtete in Verona, wo sie Briefe an Giulietta beantwortete und sich von den Sonnenstrahlen die Nase kitzeln ließ, wanderte in Südengland am Meer entlang, feierte bis in die Morgenstunden und betete in Jerusalem.

Sie ist Fan von Donald Duck und Il Volo. Ihre Lieblingsblumen sind Pfingstrosen und Jasmin.

Gerade plant sie ihr Doktorat, mixt in ihrer Freizeit mit vollem Körpereinsatz *Bahama Mama* - Cocktails und schreibt an ihrem nächsten Roman.